KB215409

육근상 시집〔定本〕

(1990~2024)

가래울

임우기 엮음

정본 육근상 시집

가래울

임우기 엮음

솔

이 시집을 어머니 李香欄님 靈前에 바칩니다

눈물이라면 눈물이고 한이라면 한. 엄니는 목사공파 24세 종손 외며느리로 들어오시어 복마전 같은 집안 헤치고 조이고 닦아 다시 일으켜 세우는 데 젊은 날 다 탕진하셨다. 나는 그 품 깃들어 살며 신통할 것 없는 시집 다섯 권을 냈으니 한이라면 한이고 눈물이라면 눈물.

시 쓰는 일 결사반대하시던 엄니는 '대학에 들어가 문학 이외의 과를 전공한다'라는 조건으로 승낙하신 후, 등단 22년 만인 2013년 첫 시집 『절창』(솔출판사)을 펴냈다. 그 후 『만개滿開』 『우술 필담雨述 筆談』 『여우』 『동백』을 펴내면서 서사의 흐름을 한자리에 모아놓고 싶었고, 품절된 시집도 보고 싶다는 성실한 독자의 의견도 있어, 기회가 된다면 한 권 시집으로 엮고 싶었다.

이제 다섯 권 시집에서 가려 뽑은 시들을 한데 모아 세상에 내놓는다. 되도록 원본 그대로의 시편들을 수록 하려 했지만 경우에 따라 다소 손을 보아 수록한 시편들도 더러 있다. 이번 시집 엮으면서 살아온 날들에 관한 많은 반성 있었다. 다르게 산다는 것이 얼마나 외로운 일인지도 알게 되었다. 다르게 산다는 것은 나를 고립시키는 것. 그 고립이 시를 쓰게 만들었다.

다르게 사는 사람 곁에서 애써 내 편이 되어 이해해주고 참아준 아내 하은숙에게 고맙다. 또한, 살아오신 만큼 기꺼이 내어주시는 작가 안삼환 선생님, 변함없이 따뜻한 마음으로 40년 함께 걸어온 문학평론가 임우기 형님과 솔출판사 식구들, 그리고 아들 정열 딸 은혜 사위 은환에게도 고맙다는 말 전한다.

2025년 5월 18일
가래울에서
육근상

차례

3부 우술 필담 雨述 筆談(2018)

I

II

III

1부

———

동백 2024

I

제비꽃 제비꽃

손님 오신다기에

일찌감치 나와 갱변길 걷다

냉이 좀 캐고

다슬기처럼 느릿느릿 걸어보고

물소리 들으며 귀도 좀 씻어보고

제비꽃 제비꽃 불러도 보고

갱변길 '강변길'의 충청, 전라 방언.

18

봄눈

벙거지 쓴 아이들 몰려와
지그린 문 두드린다

이것은 빠꾸 손자
조것은 개터래기 손녀
요것이 여울네 두지런가
베름빡 달라붙어 봄바람 타고
손 내밀어 문고리 잡아당기고
성황당 자리 맴돌다 솟아오른다

요놈들
요놈들
마당 한 바퀴 돌아
흩날린다

뜨락에 흰 꽃 피었으니
바람 따라간 것도 있으리
돌아가 영영 오지 않는 것도 있으리

동춘당

홍매라는 여인
가지마다 방울방울 맺혀 있다

소나무처럼 자랐으면 좋겠어
어린아이 출썩거리며 편액 바라보고 있다

하늘이 가깝게 내려온 팔짝 지붕 휘돌던
검은 새 흰 새 명륜당 뜰 앞으로 날아갔다

나는 쥘 부채 그러쥐고
손바닥 소리 내어 치며 말하였다

어린아이는 하늘이오 새 울음은 생명이로다
양손 얼굴 가려 붉게 맺힌 여인도 있다

동춘당 대전광역시 대덕구 송촌동 동춘당 공원 내에 있는 조선 시대의 건축물.

해나무팅이

해나무팅이라는 곳은
다 헐 수 읎는 말 빈 마당 휘돌면
천장 내려온 먹구렝이 문지방 넘어
대숲 아래 똬리 틀고 있다는 거다

새벽밥 준비허던 엄니
투거리 들고 장 뜨러 나왔다
아덜아 오짠일여 언능 들어가자
아니다아니다 정짓간 들어가
주먹밥 쥐어주며 잽히먼 안 된다
엄니는 암시랑토 않응게 호따고니 넘어가그라
지푸재 새앙바위 뜬 그믐달인 거다

뒤안길 달음박질치다 넘어져
손톱 빠지고 이마빡 깨고
옆구리 터져 돌아와 보니
뚜껑이 개터래기 땅개 모르는 척이다

아무 말 허지 않는다
그슨새 지나간 자리 않고서야
숨죽이고 핀 꽃들 펀던 달려나갔겠는가
돌아보도 않고 피반령 넘어갔겠는가

해나무팅이 마을의 볕이 잘 드는 구부러지거나 꺾어져 돌아간 자리.

투거리 '뚝배기'의 충청 방언.

암시랑토 '아무렇지도'의 전라 방언.

호따고니 '후딱, 빨리'의 충청, 전라 방언.

지푸재 대전광역시 동구 소호동에 있는 고개.

그슨새 '어두운 밤에 보이는 헛것'이라는 '두억시니'의 제주 방언. 제주도의
우장을 뒤집어쓴 모습을 하고 있으며, 사악한 기운이나 원통하게 죽은 원
혼을 뜻함.

펀던 마을 앞 펀펀한 들판.

피반령 충청북도 보은군 회인면과 청주시 사이에 있는 고개 이름.

화엄장작

허는 일마다 꼬이고 꼬여
꼬인 자리 닳아 더 이상 꼬일 것도 없는 날
골방 구석 틀어백혀 수염이나 길러볼까

반쯤 세어버린 까슬까슬한 청춘 쓰다듬다
덥수룩허게 밥상머리 앉아 쿨럭거리니
세챙이 길 벚나무도 나와 같아서
벙근 꽃잎 한 장 한 장 떼어내며 고개 숙인다

한때 우리라는 말 민주라는 말 사랑이라는 말 더듬
거려 밤 잊은 적 있다 저녁 어스름이면 갱변길 걸어 내
일 기약헌 적도 있다 청춘은 잔잔헌 물결처럼 너그럽
다거나 젊은 아낙 뽀얀 발목처럼 가슴을 쿵쾅거리게
헌다거나 이렇게 차가운 저녁 바람 부는 날 엄니 품처
럼 따스허지 않았다

컴컴헌 고향 집 들어와

엄니처럼 아궁이 앞에 앉아
송진 단단허게 굳은 장작 집어넣으니
혼찌검 내는 듯 타닥타닥 소리 지르며
훤허게 나를 밝힌다

세챙이 대전광역시 동구 신하동.

이사

   실비는 피기도 전 미륵원 귀룽나무 울음소리로 들어
갔고

   삐깽이네는 멸구네 비알 밭으로 들어 간다 허였다

   살구네는 장꽝 옆에서 홑이불 털며 무명 저고리로 흥
겨웠다

   짜구 엄니가 사발이며 숟가락 가득 담은 소쿠리 이고
나오자

   뒤란 어슬렁거리던 누렁이가 주춧돌 바짝 붙어 한쪽
다리 들었다

   부소무늬에는 개옻나무 꽃이 부스럼처럼 핀다 허였다

   엄니가 문설주에 찍어 바른 눈물이 고욤잎 울음처럼
슬펐다

미륵원彌勒院 대전광역시 동구 마산동. 고려, 조선시대 서울에서 영, 호남으로
  통하는 교통 요지인 이곳에 황윤보의 후손 3대 110년 동안 지나가는 길손에
  게 편의 제공하던 대전지역 최초의 사회복지시설.

비알밭 '비탈밭'의 강원, 충청 방언.

부소무늬 충청북도 옥천군 군북면 추소리.

봄볕이 찾아와

봄볕이 찾아와 갱변길 걷는디
보리밭 둑 제비꽃 쓸쓸허다
쪼그리고 앉아 눈 마주쳐 말 건네니
어떤 사랑이 흔들어 깨웠나 몸 바르르 떤다

이마의 땀은 바람이 닦아주었고 나는 발 씻어 디렸다
찔레꽃처럼 뽀얀해졌으니 가시는 길 가뿐해졌으리라
해지는 쪽으로 휘어진 물길 바라보며 일어서려는디
챙 넓은 모자며 노을빛 우아기며 흰 종아리까지 벗어
놓은
여인이 흘낏흘낏 흘러간다

나는 이제 버드나무 강물로 다 늙어버렸으니
한여름에도 눈발 흩날린다는 마을 들어갔을 터
들어가 영영 돌아오지 않았을 터

───────────

우아기 '겹옷'의 충청, 전라 방언.

소만小滿

봄날 간다 허여
갱변 버드낭구 기대 쇠부랄처럼 축 늘어져 있는디
소만이 늠 그냥 지나갈 리 읎제

괴나리봇짐은 메고
염생이 새끼처럼 턱수염은 질다랗게 허여
보리밭 고랑 출렁출렁 근너와서라미 헌다 말이
엊저녁 술 자셨능감 오째 아침부터 힘아리가 읎디야
술이야 뭐 엊저녁 증조부 기고가 들어서라미
북어랑 뜯어놓고 오지게 마셔부럿제

그 냥반두 참 작달막해서리
반짝거리며 기방집 엥간히 들락거렸는디
지개 작대기 장단 두드리며 추는 깽깽이 춤 하나는 볼
만 혔제
임자 임자는 오뗘 장단 칠 줄 아능감
괴나리봇짐 풀어 모리미 한 통 끄내 따뤄주먼서

한잔허여

만나기만 허먼 경칩이 찾어내라 볶아대지만 말구

한잔 쭈욱 허여

곰세 입꼬리 귀에 걸고 한잔허는디

소만이 한 잔 나 한 잔

나 한 잔 소만이 한 잔 허다가

헹님 한 잔 소만이 늠 한 잔 인자 홍이 올라서라무네

낭창낭창 버드낭구 가지 꺾어 발바닥 두둘기며

벼얼들이 소근대는 홍콩의 밤거리

이늠아 이 웬수 같은 늠아 여게가 홍콩이냐 홍콩이
냐구

먹살은 쥐고 실랑이허다 도랑으로 궁굴러 가는디

열무밭 댕겨오던 각시 깔짱은 끼고 바라보고서라미

아이고 저 웬수 또 술여 술

소만小滿 24절기 중 하나로 5월의 중기. 식물이 잘 자라고 여름 기운이 들기 시작함.

힘아리 '힘, 기운'을 뜻하는 충청 방언.

엥간히 '어지간히'의 충청, 전라 방언.

모리미 '물을 섞지 않은 술' 전내기의 충청, 경상 방언.

경칩驚蟄 이십사절기의 하나. 우수雨水와 춘분春分 사이에 들며, 양력 3월 5일 경이다. 겨울잠을 자던 벌레, 개구리 따위가 깨어 꿈틀거리기 시작한다는 시기.

곰세 '금세'의 황해 방언.

깔짱 양손을 양쪽 겨드랑이 사이에 끼는 행위.

꿀벌

엄니가 생을 다허여
사경 헤매고 있던 날
마당 가득허게 작약은 피었네

뜰팡에 벌통 멫 개 놓고
꿀 따곤 허셨는디
겨울날이면
늬덜두 목숨인디 먹구살으야지
아나 아나
벌통에 설탕물 부어주곤 허셨네

그러던 초파일이었을 것이네
보광사 연등이 마을 휘돌아
나처럼 흔들리던 저녁 무렵이었을 것이네
꿀벌은 엄니 보이지 않자
모두 날아가 버렸네

허리에 상복 무늬허고
끝없이 걸어 나오던 꿀벌들
밀랍을 먹감나무 가지에 발라놓아도
영영 돌아오지 않았네

보광사 대전광역시 동구 추동에 있는 대한불교조계종 사찰.

오지 않는 시

내가 약관일 제 시 한 편 만나
철천지웬수로 여적 몸에 달고 사는디

어찌나 독한 늠인지
어느 때는 잔잔허게 흐르는 강 물결이었다가
어느 때는 앞이 보이지도 않게 흩날리는 눈발이었다가
또 어느 때는 빨랫줄 널어놓은 윗도리로 꽝꽝 얼었다
풀렸다
동태 황태 춘태 추태 조태 코다리 노가리였다 허는디
오늘은 무슨 바람 불었나 식전 해장부터 찾아와서라미
안방 건넌방 정짓간 벤소간 별쭝맞게 극성만 떨다
손끝 붙었다 눈썹 매달렸다 저범 붙었다 숟가락 붙었다
인자 문고리 달라붙어 떨어지지를 않었것다

일찍이 엄니 살아 기실 적
우리 집안 글쟁이 읎었다 댓바람에 술 퍼묵고 돌아댕
기는 주정뱅이 읎었다

한번 발목 잽히면 빠져나오기 힘들게 연필일랑은 신말미 생강밭에 묻어두라 허셨으니

무에 아순 것 있어 아직 버리지 못허고 꿈결에라도 한번 보고 싶어

술 한 짝 받어 부뚜막 앞에서 김치보시기 뒤적거려 지둘리면

채려놓은 밥상 받듯 반갑게 달라붙기는 둘째치고 본체만체라

귓등에 꽂은 연필만 벼르게 만드는 것이었것다

저범 '젓가락'의 충청 방언.
신말미 대전광역시 동구 추동 가래울 끝에 있는 지명.

동백

1

베까티 누구 오셨슈

잣나무 가지 흔드는 밤 언 강 건너 늬 아부지 오셨나
보다 흩날리는 눈발 바라보며 흐릿한 전등불 바라보며
엄니는 타개진 바짓가랭이 꿰매며 혼잣말이시다 틀니
빼어놓았는지 뜯어낸 실밥 오물오물 머리에 얹고 방문
열어 먼 데서 오시는 눈발 바라보다 덜그럭거리는 정
짓문 바라보다

동백은 칼바람 부는 밤 새끼를 낳았구나 울타리 벌
겋게 핏덩이 낳아놓았구나 아이구 장허다 장혀 쓰다듬
어 바라보는 대청마루에 눈발도 잠시 쉬어 간다

2

동담티 넘어가는 동짓날 밤 마른 눈 흩날린다 이 고
개 넘으면 북에 식솔들 두고 내려와 홀로 지내는 노인

산다지 신세가 나와 같아서 산오리 몇 마리랑 손꼽아
기다리며 산다지 북청 얘기만 나와도 눈 반짝거려 이
런 밤 우리 오마니는 국수를 밀었어라우 눈길 밟으며
떠오신 동치미 국물에 국수 말아 끌어 올리면 오마니
잔주름 같은 밤이 자글자글 깊어갔어라우 오마니 우리
오마니 영영 오지 않는 아바이만 불렀어라우

베까티 누가 오셨슈

3
마른 눈 흩날리는 밤 누가 오신 듯 개가 짖는다
아버지 오셨다 간 듯 휘어지는 동백가지 컹컹 짖는다

베까티 '바깥'의 충청 방언.
타개진 '터진'의 강원, 경북, 충청 방언.
동답티 대전광역시 동구 효평동에 있는 고개.
북청 함경남도 동부에 위치한 군.

사랑

쪽파 몇 단 들고 가려 시장 나왔는디 할머니 두 분 난전 앉아 다듬고 있다 얼마냐 물으니 들은 척도 않는다

하나뿐이 욶는 우리 메누리는 생전 코빼기두 안 비치구 애비랑 손자 늠만 주말마다 내려보내 걷어 멕이기두 힘들어 인자 늬 엄니두 좀 데꼬 내려오니라 혔더니 이느므 새깽이 울 엄마두 주말이는 쉬야는디요 헌다 말이시

할머니 할머니 부르니 흘낏 바라보고는 우리 손주 늠 엊그러께 국민핵교 들어갔는디 즤 엄니뿐이 물러 그럴 나이잖여 그렇잖여 곱게 빗어 넹긴 머릿결이 간종그려 놓은 쪽파 같으시다

II

옛집에 와서

방문 잠겨 있고 마당 쓸쓸허다

산 그림자 내린 무논에는

지는 달처럼 풀어진 나를 위로허는 듯

개구리 울음 스러진다

애미고개 넘어가신 엄니는 여기에서 몇 번이고

몇 번이고 무너져 내렸을 것이다

애미고개 대전광역시 동구 추동 가래울에 위치한 고개 이름이며, 마을에 상喪
을 당하면 상여가 반드시 넘어야 할 고개라 하여 붙여진 이름이다.

씨앗달 피었던 자리

울타리 타고 오른 애호박 굵다
아직 배꼽도 떼지 않은 어린것이
날아온 호박벌로 잉잉거리자
이파리 수구려 그늘 내어준다
나는 저 보송보송한
포대기 같은 이파리에서 나왔다
이 자리는 원래 큰 눈 내리던 날
덩어리째 떨어진 동백꽃 자리
씨앗달 피었던 자리

더퍼리 누님 빼다 박아
바라보기만 해도 그렁그렁했던 엄니가
어느새 해산했다 회복간 내려온
손녀 곁에서 부채질허니

소나기 한 줄금 지나가고
염천 더위 지나가고

씨앗달 초승달을 뜻함.
더퍼리 대전광역시 동구 가양동.
회복간 임신, 출산을 겪은 후 산모의 신체를 회복시키기 위해 휴식을 취하는
　　행위.

쾌청

아침 일찍 채마밭 벌레 잡아주고 있는디 까막까치
날아와 까아악 까악 짖는다

이것은 오늘 반가운 손님 오신다는 기별인가 모자
벗어 까막까치며 가죽나무며 햇살 내어주시는 동담티
머리 숙여 화답허는디 아래무팅이 삐깽이 엄니 담장
너머로 삐깽아 삐깽아 부른다

아줌니 새벽부텀 오딜 그렇게 일찍 댕겨오신대유 이
거이거 받어 얼마 안 디야 소나 주덩가 열무 단 담벼락
올려놓고 가신다 뒤도 돌아보도 않고 되똥되똥 손 흔
들어 내려가신다

아래무팅이 마을 아래쪽 구부러지거나 꺾어져 돌아간 자리.

천근 벙어리 샘

대문 열고 마당 들어서면
먹구렁이 몸 감고 붉은 혀 날름거렸다

벙어리 샘 끼고 수백 년 살았는지
푸른 비늘 돋아 달빛 새어 나오고 있었다

저녁을 놓친 새들이
길게 꼬리 물고 암흑처럼 찾아왔다
그중에는 솜털 보송보송허고
양 볼이 끝동처럼 붉은
어린것도 끼어 있었는디

아궁이 묻어둔 감자 몇 알 쥐여주자
날름날름 벙어리 샘 겨드랑이 쪽으로 사라졌다

천근 벙어리 샘 대전광역시 중구 문화동에 있는 샘.

남겨둔 말

개양귀비밭으로 싸리꽃 닮은 여인이 올라가며 징 소리로 울었다

마을은 온통 봄이라서 흰 꽃 붉은 꽃 웅얼웅얼 피었다

양철 지붕도 붉게 피었는디 대문 들어서면 엄니가 심어 놓은 아주까리 싹 푸르게 올라왔다

노을 무렵 소죽 고래 앞에서 누이동생은 옷가지 태우며 입술 깨물었다

푸른빛이 듬성듬성 보이는 서쪽으로 매운 연기 사라졌다

붉은 바위 목덜미에 새잎 틔우자 엄니 남겨둔 말 하나둘 튀어나왔다

곶감

한여름 땡볕에도 비 뿌리는
느티나무 집 살던 여인이다
북 하나 덜렁 메고 들어와
어린 딸이랑 북춤 추던 옷고름이다

노을이 살강까지 들어와 타오르고 있었어라우
삐조리 감도 붉게 익어 기울어지고 있었어라우
아버지는 사발통문 서명허고 잽혀가 돌아오지 않았
어라우
엄니는 흙 파먹고 사는 무지렝이였어라우
지두 무지렝이였어라우

산성 길 지붕 낮은 집들이
어깨 비비는 핏골 지나가는디
허리 굽은 노파가 삐조리 감 깎아
문발로 매달아놓고 공손허게 고개 숙인다
굽은 허리 닭발산 능선처럼 유장헌디
삐조리 곶감 핏빛으로 익어간다

살강 그릇 따위를 얹어놓기 위해 부엌의 벽 중턱에 드린 선반.
무지렝이 '무지렁이'의 충청, 전라 방언.
핏골 대전광역시 동구 효평동.
닭발산 대전광역시 대덕구 장동에 있는 '계족산'을 말함.

흐린 날

여기는 빗소리가 진을 쳤던 곳 있는 힘껏 허세 부리며 내 등골 빼먹었던 곳 바람 차갑고 눈발 흩날린다

아름다운 시절이여 나를 주저앉힌 자리여 우무팅이 가죽나무 길 따라 계곡 들어서면 회령에서 내려왔다는 노인이 산오리 키우며 산다 엊그께는 그니 부인 세상 등졌다는 소식 들었다

죽음이 어디 혈육 하나 남기지 못허고 쓸쓸허니 떠난 회령댁만 찾아갔겠는가 바람 찬 날 장지 앉아 회령에 흥남에 북청 가셨으면 소지장 불 올려 보내드리는 날이다

우무팅이 마을 위쪽 구부러지거나 꺾어져 돌아간 자리.

서른 살

도망친 지 서른 해도 넘은 서른 살 잡어다
대청 꿇어앉혀 놓고 혼찌검 내는디
손바닥으로 마룻바닥 두드리며 눈 부라리는디
주둥이는 댓 발 나와서라무네 아래위 훑어보다

에헤이 이라지 말고 나도 얘기 좀 헙시다
사는 기 이기이기 뭐요 아직 장개도 못 가 시커매서
집구석 꼬락서니 허고는
내 기왕 잽혀 왔으니 사람답게 모냥 줌 내어줄랑게
가서 종이랑 연필 좀 가져오시오
이늠 꾀부리나 싶어 오디 도망가지 말구 꼼짝 말고
있그라
    빼닫이 열어 연필 챙기고 잡기장 뜯어 펼쳐주니

방아실 물빛 같은 꼬랑지를 헌
꿩 한 마리 그려놓고 궁뎅이 탁 쳐보라 허여
이늠 봐라 흘깃 바라보고는 툭 허고 치니

에헤이 탁 허고 치라 그 말이요

탁 소리 나게 힘껏 치니

꺼겅꺼겅 돈 궤짝 떨어지기에

엇따 이늠 봐라 이 쓰글 늠 좀 봐라

그라먼 내 이참에 장개나 좀 가야 쓰것다

잡기장 통째로 던져주니 쭉 찢어 펼쳐놓고서라미

머리에 가체는 없고

옷 주름이랑 노리개 두 손으로 매만지며

고민 깊은 듯 긴 목에 가냘픈 얼굴 살짝 비켜선

여인네 하나 그려놓고서라무네

어험 나오시오 혀보라 허여 나오시오 허니

에헤에헤 어험이 빠졌잖소 다시 한번 혀보시오

쓰글 늠 목청 가다듬어 어험 나오시오 허니

미끄러질 듯 조심조심 나와 큰절 올리고 곁에 앉길래

이늠아 어찌 하나만 그리는 굿이냐 하나 더 그리그라
허니

안 된다 펄쩍 뛰어 잡기장이랑 연필 뺏으려 달려드는디

뒤돌아 앉어 말 한 필 그려 올라타고

안장에 여인네도 올려 태우고 돈 궤짝 쓰다듬으면서

이보시오 이 말 어떻소 단숨에 천리를 내빼는 붉은

말인디

궁뎅이 한번 짝 허고 쳐보시오 허여

말 궁뎅이를 있는 힘껏 짝 허고 내려치니

이히이이이이이이잉

뻬닫이 '서랍'의 강원, 경상, 충청, 전라 방언.
방아실 충청북도 옥천군 군북면 대정리.
궁뎅이 '궁둥이'의 충청, 경기, 강원 방언.

유두절

까끄래기네 툇마루 앉어 술 한잔허는디
야 너 아직도 시 뭐 그런 거 쓰고 댕기냐
이라는 것이었것다

시는 뭐 사는 거 끄적거려 보는 거지
어휴 다 늙어 애덜처럼 먼 시를 쓴다구 그리여
시는 애덜만 쓰고 그라능겨
그럼 그런 것을 오디서 으른덜이 쓰구 그랴
거참 오티게 시를 애덜만 쓴디야
애덜이 쓴 시 아는 거 있으면 한 편 읊어봐

울 밑에선 봉숭아야 니 모냥이 처량허다
그리구 머더라 뭐 그런 거 있잖냐
그게 애덜이 쓴겨
그럼 우덜 어릴 적 부르트도록 부르고 댕겼잖냐
호랭이 물어 갈 늠 어릴 적 부르먼 다 애덜이 쓴겨
마침 비두 오시구 헝게 그 노래나 한번 불러보자

52

문지방에 한쪽 다리 걸치고
젓가락으로 냄비 뚜껑은 두둘기면서 불러보는디

울 밑에 선 봉숭아 털 니 모냥이 처량헌 털
길고 긴 날 여름철 털 아름답게 꽃 필 적 털
어여쁘신 아가씨 털 너를 반겨 놀았던 털
목구녁 핏대 세워 뽑아보는디
쿨럭쿨럭 뽑아보는디
바라실 막순이 아줌니 열무 단 이고 옴맴맴매
옴맴맴매 소나기 한바탕 지나가시는 유두절이다

유두절 음력 6월 15일로 복중伏中에 들어 있으며 동쪽에서 흐르는 개울에서
　머리를 감고 목욕을 하는 세시풍속.
바라실 대전광역시 동구 마산동.

백중百中

산허리 베어낸 이끼 집에는
해가 중천이어도 산그늘 내려

하루 종일 컴컴헌 마당이며 헛간
쌓아놓은 가마니 들썩거리기만 혀도
날름거리며 기어가는
뱀 볼 수 있는 것이어서
작대기 들어 내려치기라도 허려면
엄니는 무슨 큰 재앙이라도 들어올 냥

내버려둬라 집에 든 손님이니라
손님 박대허면 삼신 할매 노허시니라
건디리지 않으면 해코지 읎을 것이니
마늘이나 두 쪽 놓아두어라

소복 입은 엄니가 장독대 청수 올리고
깊게 허리 숙여 몇 번이고
몇 번이고 두 손 모았다

백중百中 음력 7월 15일이다. 백종百種, 망혼일亡魂日, 중원中元이라고도 하며, 이 무렵 갖가지 과일과 채소가 많아 100가지 곡식의 씨앗을 갖추어놓았다고 하여 생긴 이름이다. 또한 돌아가신 조상의 혼을 위로하기 위해 음식·과일·술을 차려놓고 천신薦新을 하였으므로 '망혼일'이란 명칭으로 불리기도 한다.

불길한 저녁

저녁에는 불 앞에 서지 않는다며 오이냉국에 밥 몇 숟가락 꺼 마시고 밖으로 나오니 바람 한 점 읎다 노을 비껴간 감나무 아래 평상 앉아 달라붙는 모기 쫓다 컴컴해진 마당 어정거리다 좋지두 않은 에어컨 바람만 쐬지 말구 갱변길이라두 걷자 허니 한참을 꼼지락거리다 나오는디 옷이냐구 원

아무리 껑껌혀두 그렇지 지대루 입구 나오지 이게 뭐여 윗도리는 겨드랑이가 다 뵈구 아랫도리는 덥지두 않나 꼭 달라붙는 바지는 또 뭐여 아욱밭 벌레 소리로 중얼중얼 걷는디 땀방울 맺힌 강바람도 후텁지근허게 따라오는디 두툼한 양쪽 팔 흔들어보고 숨 크게 몰아쉬어 보고 제자리 뜀박질도 혀보다 우리 뛸까 이런다

맨몸으로도 숨 틱틱 막히는 대서에 각시는 바짝 붙어 누구를 쥑일랴구 뛰자 허는가

대서大暑 24절기 중 열두 번째에 해당하는 절기. 소서小暑와 입추立秋 사이에 들며, 음력 6월에 있어 중복中伏인 때로, 장마가 끝나고 더위가 가장 심한 시기이다.

마당 읽는 밤

안채 불 꺼진 지 오래고
아궁이에서 장작 타는 소리만 들린다

이런 밤 오래 견딘 적 있다
정짓문 빠져나가는 바람 소리가
마당 읽어내는 소리 같았다
아무 소리도 들리지 않는 밤이면
이명이라도 있으면 좋겠다 생각허였다
구렁 타고 내려온 바람이
대추나무 등허리 긁는지 가늘고 긴
문풍지 우는 소리로 지나간다

비금 오두막집 끝례는
말헐 때마다 눈 껌뻑이는 버릇 있는디
계룡산 불두화 되었다는 소식
죽말 삐조리 감헌테서 들었다
말이 어찌나 빠른지 다 허지 못한 말들은

싸리꼬챙이에 꿴 곶감처럼 매달려

메칠씩 따라다니곤 허였다

백제 미소
— 마애여래삼존불

바다 보고 싶다 허여 해미읍성 지나 생긴 대로 굽은
개심사 나무 기둥 귀경허고 박대묵도 먹고 가야산 들
러 여자 둘 데리고 온 남정 부탁으로 사진도 찍어주고
돌계단 앉어 암벽 파고 들어간 저니들 바라보는디

보소 신라의 미소 알자네 나는 저니들 보면서 백제
미소 보았다 안 허요 뭐 애나 으른이나 웃는 얼굴 다 이
쁘제 보소 저게 시방 웃는 게 웃는 게 아니랑게 그요 저
니 가운데 서 있는 저 남정 보소 원허는 것 다 가져 더
이상 필요헌 것 읎는 듯 넉넉허고 흡족헌 미소 여유 만
만허잖뉴 그리고 왼쪽 반가사유상 닮은 저 여자 저 여
자는 틀림읎이 작은마누라일 뀨 오른쪽 다리 왼쪽 무
릎에 떡 허니 걸치고 저 봐 턱까지 괴고 땅바닥만 치다
보면서 요염허게 웃는 거 그라고 저저 오른쪽 보살입
상 닮은 저니 저니가 큰마누라일 뀨 내가 아까 사진 찍
어주먼서 옆으로 한 발짝만 더 오소 혔더니 아니라구
괜찮다구 자꾸 내빼 에헤 그러지 말구 한 발짝만 오소

혔더니 안 올 수도 읎었는지 갱신이 한 발짝 띠길래 김
치이 혔잖뉴 그랬더니 마지뭇혀 김치이 허고 속에서는
열불 나는지 짱돌만 쓰다듬고 있더먼 저저 저것 봐 아
직 짱돌 들고 있는 것

한식에

얼뜨기였던 나는
개구리 뱀 송충이 무서워허였다
컴컴해지도록 밭일허시던 엄니
지고 들어오시는 지게 등짝도 무서워허여
정짓문 기대 달빛 부스럭거리는 대숲 바라보다
재실에 몸 숨기기도 허였다

재실에는 목사공파 구신들이
목기 하나씩 끼고 부뚜막 들락거리거나
변소간 쭈그리고 앉아 있거나
장꽝으로가 된장 독 열어보거나
안방 건넌방 들여다보다
마당으로 나와 먹감나무 둥치에 숨기도 허고
잿간 들어가 검댕 뒤집어쓰고 거름인 척이면
나는 술래 되어 제탁 아래에서 깔깔거리곤 허였다

녹아 흐를 것 같던 엄니가

눈 아래까지 내려온 머릿수건 끌어 올리지도 못허고
우리 아덜 오덨나 오디로 갔나 손목 잡으면
나는 온갖 구신 흉내로
마루까지 깨금발 짚고 나오곤 허였는디
아욱밭 달빛은 풀벌레 울음소리로 환했다

오늘은 비가 내려
빗물받이 흘러내리는 물소리뿐이어서
대청마루에 한쪽 팔 괴고 누워
토방으로 쓰고 있는 컴컴헌 재실 바라보고 있으면
구신들 금방이라도 나를 잡아갈 듯
꾸룽 꾸르르르룽 대추나무 가지 흔들어
천장 바라보며 부군 신위라 써보기도 허는 것이다

한식寒食 불을 사용하지 않고 찬 음식을 먹는 날로 동지로부터 105일째 되는
날. 설날·단오·추석과 함께 4대 명절 중 하나이며, 산소에 올라 조상의 무
덤에 제사를 지낸다. 이때는 떡, 과일, 포, 식혜 찬밥 등 불을 사용하지 않는
차가운 음식을 올린다.
목사공파 옥천 육씨沃川 陸氏 4대 분파인 덕곡공파德谷公派 목사공파牧使公派 순
찰사공파巡察使公派 낭장공파郎將公派 중 한 파.

III

벽화

저 산은 콩새 한 마리 그려 넣는 데 온 힘 다허였다

저 바위는 가슴 그어 바람길 만드는 일로 꼬박 새웠다

얼었던 강물이 쩡허고 무너져 내리는 소리로 흘러갔다

새 소리도 바람 소리도 강물 소리도

나를 흔들어 깨우느라 일생 다 지나갔느니

가을

오목눈이 새 떼가 사철나무 담장 바짝 붙어 내려앉았다

열무 단 같은 개터래기 엄니 꽁무니 따라오던 검둥이가 컹 짖었다

고추밭 들러 익은 고추 몇 개 따 평상에 널어놓았다

목매 바위 넘던 노을이 갱변까지 내려와 수줍은 듯 붉게 웃었다

해가 짧아졌고 도톰허게 영근 오가피 바람이 얼굴 스친다

강아지풀이 밀려드는 졸음 견디지 못허고

응달 앉아 대나무 쪼개고 있다

바스락거리며 쏟아지는 햇살에 맨드라미가 길게 혀 물었다

산그늘 내린 아욱밭에 귀 익은 풀벌레가 이명처럼 운다

담벼락 타고 오른 노각 바라보는디

삐조리 감 하나 우엉밭으로 첩 허고 떨어진다

적막

동학교도 살았다는 구미란마을 와서
젊은 아낙이 내놓은 누른 머리고기에 탁배기 한잔헌다
바람 불 때마다 한 움큼씩 빠지는 나뭇잎이
살풀이춤으로 한바탕 신명 나다 기진한 장구채로 돌아가자
마당 한쪽 자리 내어 늙어간 감나무가 다 내어주고 나처럼 쓸쓸허다

저쪽 보이는 산 아래 평평헌 디가 장터였어라우
지금이야 강아지풀만 우거져 구신이 놀다 간 자리 같지만
녹진허게 내놓는 피순대 맛만큼은 그만이었지라우
한 아름 장작 끌어안고 부엌 들어가
아궁이 앞에 골똘헌 장정은 지아비인 듯허다

방앗간 옆 동록개가 내어준 허름한 집
수리허여 길손들 재워 보낸다는 노파가

시퍼렇게 익은 무 끌어안고 들어와

쓰글 늠들 여그 천지가 동학꾼 시체로 가득혔다 안

합디여

동네 개새끼들이 팔뚝 물고 댕기고

까마귀들이 까아악 까아악 짖어대면서 삭신 뜯어먹

고 그라는디

눈 뜨고 볼 수 없응게 여그다 묻고

저짝 날맹이에다 묻고 이짝 날맹이에다가 묻고

동네 산이 죄다 동학꾼 무덤이라 안 합디여

내가 어릴 적 발길로 차고 놀던 굿이

동학꾼 뻬다구인 줄 오티게 알았것소

아유 징그라운 것덜 입술 꼭 깨물어 울분 삭이는디

가을걷이 끝난 들판이 북적허니 어우러지다

마루턱 올려둔 물그릇에 반쯤 베어 문 달덩어리로

넘칠 듯 말 듯 적막허다

구미란마을 전라북도 김제시 금산면 용호리.

동록개 19세기 말 금구, 원평, 태인 지역 최고의 도축 솜씨와 따뜻한 인품으로 소문난 원평 백정. 동학농민운동 당시 동학의 대접주 김덕명 장군에게 '신분 차별 없는 세상을 만들어달라'며 자신이 살던 집을 헌납, 현재 원평 집강소.

파수꾼

허허 구신아

물색 모르고 알심 읎고 소문만 석 달 열흘 구신아

너를 찾어 안방 건넌방 정짓간

부뚜막 소금단지까지 다 뒤져봐도

얼씬허지 않는 구신아

내 일찍이 너를 알아봤다마는

어찌 그리 냉정허고 오만허고 방자허여

낯짝 한번 비추지 않고 애간장만 녹이는 것이냐

오늘은 달 밝아 큰맘 먹고 부르는 것이니

갱변 버드낭구 나루터로 나오느라

와설랑은 무릎 꿇어 두 손 공손히 잔 들면

댓잎 이슬 빚어낸 술 한잔 따뤄주리니

당신 누구요 모른 척허지 말고

늬늠 잘난 축 바로 세워 내 청춘 어데 갔나

흔들리는 강아지풀 먹 찍어

일필휘지 한 글자만 내려놓고

저 강물 속으로 풍덩 사라지그라

청춘 잡아라 내 청춘 도망간다

따귀탕 집 장작불 더미 속에는
청춘 활활 타오른다 허여
양푼이는 들고 푸줏간 가서라무네
청춘 찾아내라 당장 찾아내어라

한 마디 한 마디 발라내려
아궁이 앞에 쪼고리고 앉어
부지깽이 부러지도록 솥뚜껑 두드려 한 자락 허는디
가마솥 단지 입김 불어낼 때마다
내장 내오고 허파 내오고 수육 내오고
이 대목에서 술 읊으면 안 되지
술잔 부뚜막에 떡허니 올려놓고 꼴꼴꼴꼴 따루는디
청춘 나온다 청춘 나온다

저저 스멀스멀 기어 나오는
청춘 잡아라 내 청춘 도망간다
한 저범 집으려면 소두방 콧방귀 속으로

머리 풀어 흔적도 옰이 사라지는 청춘아
내 청춘아 게 냉큼 서지 못헐까

따귀탕 '뼈다귀 탕'을 말함.
저범 '젓가락'의 충청, 경상 방언.
소두방 '소댕'의 충청, 전라, 경상, 강원 방언.

상강霜降

　담벼락 기대서 있는 먹감나무가 붉은 낯으로 강바람
에 우수수 몸 턴다 땅개네 오가피나무는 뼈마디 앙상
한 지 오래되었다 검버섯 핀 손등으로 눈 비비고 손자
라도 올까 동구나무 길 바라보며 숨 크게 몰아쉰다

　갱변 심어놓은 배추 멫 포기 묶어주려 볏짚 한 주먹
쥐고 내려가는디 구절초만 헌 것들이 자갈밭 모여 앉
아 강물 소리로 즐겁다 나도 따라 흥얼거리며 뽀얀 살
간종그려 묶어주니 품속 어린애인 양 두 눈 맞춘다

　밭둑 앉아 허리통 굵은 청무우 하나 뽑아 깨무니 알
싸헌 하늘이 입안 가득허다 상강은 고욤나무 타고 오
른 늙은 호박 같다 집에 계시라 혔더니 절뚝거리며 마
중 나온 아버지 같다 더 늙을 것도 읎이 바짝 마른 노을
이 훌쩍훌쩍 흘러간다

───────────

상강霜降 24절기 중 하나. 쾌청한 날씨가 계속되며, 밤에는 기온이 매우 낮아
수증기가 지표에서 엉겨 서리가 내린다.

빈 그늘

빈 그늘 길게 늘어선 해나무텅이
구릉으로 무너진 돌무덤이 성황당 자리다

밤사이 고라니 지나갔는지 삼밭으로 길 열고
흩날리는 눈발 따라 사러리라도 가려면
얼어붙은 저수지가 따라오며 사나운 짐승 소리로 운다

어금니가 빠져 앞니로만 깨물던 고모는 몇 해째 바깥
출입 없다
나를 보면 웃기만 허던 지역 씨 딸 병희가 고깔 접어
쓰고 징 두드리는 일 대신헌다
돌무덤뿐인 성황당 자리에 소복 눈 쌓이면
병희는 컴컴헌 낯빛으로 고모처럼 반쯤 수그려 징 두
드린다
무너질 듯 휘청거리다 주섬주섬 녹아 사라진다

부지깽이만도 못헌 당숙모가 죽어

가래나무골 낭떠러지에 묻고 돌아와
소금 한 주먹 집어 가슴에 뿌렸다
사러리 고모 위독허다 허여 건너려는데
병희 두드리는 징 소리 고샅으로 가득허다

사러리 대전광역시 동구 신하동.

뭔 말잉고 허니

내 별명이 앙 그냐였다면
엄니는 가래울에서도 유명헌
뭔 말잉고 허니였다

내가 말끝마다 앙 그냐 앙 그냐
상대방 동의 구허는 화법이었다면
엄니는 경주 이씨 종손 둘째 딸답게
뭔 말잉고 허니 첫마디로 딛어야
그다음 이어지는 재담꾼이었겄다

하루는 동짓날 아침
팥죽 쒀야 헌다며 팥 한 됫박 사러
장터 따러간 적 있는디
하필이면 우리 반 부부반장 봉방년이네
방앗간집 찾어갔것다
방앗간은 발동기에 피대 걸어
쌀 찧고 가래떡 빼고 참기름 짜내는

컴컴허고 지붕이 예배당처럼 높다랬는디
내가 들어서자 방년이라는 긋이
야 앙 그냐 여그 뭐 달러 왔냐
팥 사러 왔다 아줌니 팥 줌 주세유 팥
팥팥헌 팥 좀 주세유 팥팥팥 허니
방년이 요년 약 올라가지구
너 일루 와바 찍깐헝 게 까불고 있어
이마빡 쥐어박어 싸움 붙었는디

방년이 엄니 허고 울 엄니두
피댓줄 옆에서 싸움 붙었는디
팥집 와서 팥 좀 돌라구 헝게 뭐가 잘못이래유
야 방년아 내가 아줌니 팥 좀 주세유 혔냐 안 혔냐
혔지 혔지 앙 그냐 허먼
엄니는 옆에서 긍게 방년이 엄니 뭔 말잉고 허니
일장 연설허고 또 내가 앙 그냐 앙 그냐 허먼
또 뭔 말잉고 허니 뒤 시간 받아치다

저녁 네 시나 되어 갱신이 팥 한 됫박 사가지고
팥죽 쒀 베름빡이다 바르고 변소깐이다 뿌리고
대청 구석에 한 그릇 장꽝에 한 그릇 놓고
처용이도 놀래 뒤로 자빠질 입술로
벌겋게 떠먹었던 것인디
지그려놓은 대문 열리는 소리 들려 내다보니
눈발 뒤집어쓴 대설이 늠 숟가락은 들고 죽 좀 주세
유 죽
팥팥헌 팥죽 좀 주세유 팥팥팥

가래울 대전광역시 동구 추동 중추마을.

지는 노을

해 바뀌고 부쩍 귀 어두워지신 아부지 찾아뵈려 점나무텅이 돌아 삽짝대문 들어서자마자 각시는 부엌에서 저녁 준비로 달그락거리고 나는 마당이며 토광이며 헛간 두리번거리는디 안간힘으로 담장 받치고 있는 고욤나무가 아는 척이다

아부지저올라왔구면유메누리두같이왔구면유사다리오됐냐구사다리말구메누리같이왔당게유어허젊은사람이다리아프면오틱혀다리가아니구메누리메누리왔다구유오늘은오거리집쉰다메누리같이왔당게오짠오거리래유오리먹으러가자구메누리유메누리왔다구유보리밥먹으러가자구참나메누리유메누리소쿠리달라구허이구이러다메누리잡겄슈항아리개나리울타리아래묻어놨잖여보소보소이리나와얼굴좀비춰보소갠찮여요새는허리아픈거들혀

뒤란 아욱밭 앞에서 구부정히 쓰레기 태우는 뒷모습이 지는 노을로 서늘허다

밥도둑

— 회광반조

다니던 직장 그만두고 빈둥거리는디

각시는 뭐가 그리 바쁜지 숟가락 내려놓자마자 출타 준비다

어딜 가느냐 물어볼 수도 읎고

방금 아침 먹고 점심은 또 어떻게 헐 것이냐 물을 수도 읎어

봉지 커피나 한잔 끓여 호로록 소리 내어 마시니

호로록 소리 내어 마시지 말라며 성을 낸다

커피 잔은 들고 창밖 바라보는디 쌍쌍이 날아온 새들이

대숲 아래에서 부리 부딪혀가며 사랑 나누는구나

거름밭 헤집어 바람 자유롭게 풀어놓고 있구나

어디를 다녀오겠다는 말도 읎이 각시는 운동화처럼 나가고

나는 테레비 채널이나 이리저리 돌려보고

휴대폰도 만지작거려 보고

옛 동료들은 또 무슨 일로 아침부터 진땀 흘리고 있을까

책꽂이에서 두툼헌 책 한 권 꺼내 읽다 눈 침침허여

몇 페이지 읽지 못허고 밖으로 나선다

이 동네는 왜 이렇게 조용헌가

골목 걸으며 두리번거려도 개 한 마리 짖지 않는다

재래시장 지나며 난전 부려놓은 찰옥수수 얼마냐 물어보고

제육볶음집 생선구이 백반 흘깃거려 보고

종이 박스 싣고 언덕 오르는 노파 손수레도 밀어드리고

대합실 들어가 열차 시간 안내 전광판 바라보고 있으면

갱경이라든지 정읍이라든지 목포라든지

나는 왜 이렇게 갈매기 울음소리 들리는 곳으로만 눈길 가고

선술집 주모 부르던 육자배기 구절이 귓전 맴도는가

오는 사람 가는 아가씨 고운 뒤태 바라보다 점심 훌쩍 넘겼는디

각시는 아직 전화 한 통 읇다

칼국수를 먹을까 짜장면을 먹을까

아니지 짬뽕에 소주 꼭다리나 비틀어볼까

중국성 문 앞 서성이는디 저쪽에서 각시 손 흔들어 점심 먹었느냐 묻는다

구부정히 손들어 짬뽕 한 그릇 허려 헌다 화답허니

나도 아직 점심 전이니 간장게장 먹으러 가자 주억거린다

그 비싸다는 꽃게장 시키고 새우장도 몇 마리 덤으로 받고

비닐장갑까지 끼고 벌겋게 약 오른 집게 다리 분질러 깨물어보는디

무슨 껍질이 이렇게 단단헌가

간장만 빨다 내려놓으니 옆에 있자네 뻰찌로 조사부러

간장게장 먹어본 지 언제인가

사돈 내외랑 함께허는 어려운 자리라면 이걸 어떻게
먹어야 허나

짭조름허니 맛은 좋긴 허다만 밥이나 좀 많이 퍼주
덩가

흰 살은 꼭 당신 젊은 적 가슴골 같구랴

시끄랍소 언능 들기나 허소 게딱지에 비비려는데 또
밥이 없다

아줌니 여기 밥 한 그릇 더 주소 큰 소리로 부르니

아이고 밥도둑이라더니 간장게장이나 백수인 당신
이나

더 드소 맘껏 드소 맨손으로 뜯어낸 게딱지 밀어놓
는디

손가락 묻은 간장이 쪽 소리를 낸다

IV

지금은 깊은 밤이네

엊저녁 일이었던가 아니네
작년 그러께 일이었던 것 같네

나는 취해 아무렇게나 쓴 잡기장처럼
무슨 말이라도 뱉고 싶었던 것인데
악다구니가 머리카락만 쥐어뜯다
설경 베어져 서쪽으로 묻힐 때였네

바람벽 잡고 흔들리면서 기우뚱거리면서
앞마당 환한 작약 바라보고 있는데
짧은 밤 중얼중얼 지나가고
흐릿한 전등 불빛 흘낏거리고

오얏나무가 헛기침으로 둘러앉아
훌쩍거리는 방바닥 비집고 들어가 자자 한잔
또 한잔 헝클어져 부둥켜안고 우는
지금은 깊은 밤이네

늙은 집이 말을 건다

산중 마을 들어
집 한 채 얻어 살다 보니
늙은 집이 말을 건다

보리쌀 한 됫박 푸려면
복숭아나무가 담장 끼고
차양 쪽으로 비스듬히 누운
토광까지 가야 하는데

달 꽃 하얗게 핀
양철 지붕 바라보며
매화나무 잣나무 놀라지 않게
발꿈치 들어 문 앞 구부정히 다가가
잠가놓은 잉어 무늬 걸쇠 올리면
구렁 내려온 바람이
마른 댓잎 소리로 운다

누가 오셨나
뒤주 밑둥 바짝 붙어
사르락 사르락 쌀 씻는 소리
개숫물 버리는 소리

찬별

여적 장개도 못 가 혼자 사는 장승이네 집 왔다
겨울이 와 배추 몇 포기 버무려주고 문풍지도 발라주고
제멋대로 구부러진 배롱나무 아래에서
돼지고기 몇 줄 구워 소주를 서럽게 마셨다

장승이는 벌써 취했는지 냉골에서 웅크리고 잠들었다
나는 불이라도 넣어줄 겸 부엌 들어와 불 지피다
누렁이 끌어안고 있으면 추위 좀 가실까
누렁아 누렁아 부르는디
배고팠는지 딱딱하게 굳은 빈 밥그릇 핥다
꼬랑지 내리고 곁에서 귀를 접는다
머리 몇 번 쓰다듬어 주고 뱃구레 바라보니 홀쭉하다
삶은 북어 대가리 건져 바가지째 내려놓으니 텁텁텁
먹다
한입 물고 제집으로 들어간다
눈도 뜨지 못하는 어린것들이 냇물 소리로 마른 젖 파
고들어

죽이라도 먹였으면 싶어 보리쌀 한 줌 넣어 끓이고
있다

지금까지 배추 따고 머릿수건 풀지도 못헌 채
늦은 저녁 준비허시던 어깨 조붓한 엄니 뒷모습 비
쳤다 사라졌다
며칠 전 두식이 들어와 산다는 애개미 쪽으로 컹 컹
별똥별 줄을 긋는다
오늘 밤에는 달이 옰고 별빛이 차다

애개미 대전광역시 동구 신상동.

나비란

밖에 눈발 흩날리고
뼈만 남은 고욤나무 가지 바르르르르
떨고 있는 것 바라보고 있응게 으슬으슬허여
아궁이에 장작 멫 개 던져넣고 들어와서라미
두러눠 왼발은 오른발 무르팍에 떡허니 걸쳐놓고
손장단 두드려 한 자락 불러보는디
콧소리도 흥흥흥흥 내보는디

바람벽 걸어둔 나비란 벙글어 허리춤 추고 있었것다
벌떡 일어나 손 내미니 수줍은 듯
이파리 속으로 들어가 파르르 떨고 있기에 한참을
기다려
재첩만 헌 봉우리 손가락 물고 나와 꼼지락거리기에
너 이늠 오늘 잘 만났다
심심허던 차 이늠을 손등으로 잡고 살살 궁굴리니
괭이밥만 허다 백선만 해져
이늠 봐라 코기름 발라 손바닥 올려놓고

산내끼 비비듯 헝게 민들레만 해져
손톱으로 톡 튕기니 베름빡 달라붙어
나비라는 나비 다 잡아먹고
작년 그러께 다비식 헌 미륵사 주지
메고 댕기던 바라만 해져
양은 냄비 달라붙어 식은 죽 다 먹어치우고
바람벽 기대 파르르르 떠는 문풍지 바라보다
이늠은 동백꽃 저늠은 복수초 이긋이 홍매여 하더니
나를 업고 무청 시래기 집으로 기우뚱 기우뚱

나비란 외떡잎식물 난초목 난초과의 여러해살이풀.
산내끼 '새끼'의 충청, 경기, 강원 방언.

난전에서

숭악헌 긋이
으른 앞에서 맞담배질은 예사고
오라먼 도망가고 바라보먼 숨고
붙들어 앉혀 한 마디만 하려도 뾰로통해서라무네
메칠씩 코빼기 비치지 않어
내 오늘은 가슴팍 꽁꽁 묻어둔 슬픔 하나씩 끄내
옴짝달싹 못 허게 헌 후 임자 만나먼 팔어 넹기야 쓰
겄다
시장 찌웃거리는디
벙거지는 쓰고 궤짝 깔고 앉어 슬픔 사세유
몰래 울고 싶은 이 슬픔 사 가세유 팻대 세워도
사겄다 달려드는 이 읇고
꺼내보라 홍정허는 이도 읇고
진눈깨비까지 내려 아줌니 아줌니 이거 하나 딜여
가세유
강변에 달 뜨걸랑 뒤란 서성이며 아자씨 승질머리 늫
어 보세유

앉은 자리에서 쐬주 두 병 거뜬허당게요
한번 보기라도 혀봐유 건네도
전화기 껍데기만 긁적거리며 본체만체라
계단 오그리고 앉어 모가지만 쑥 빼고 있는디
저 오라질 늠 끔이나 씹지 말덩가
오물오물 히죽거리는 저저 저 느므 새깽이를

<hr />

숭악헌 '흉악한'의 충청, 전라, 경상 방언.
쩌웃거리는디 '기웃거리는데'의 충청, 전라 방언.

동지 무렵

한밤중 눈떠져
말똥허니 잠 오지 않는 것은
대청 걸어놓은 벽시계가
달빛 따라나서려 웽뎅그렁
우는 까닭만이 아니다

바람 차가운 날 뛰쳐나가
메칠이고 들어오지 않는
먹감나무며 마른 수국이며 매화나무가
가시나무 골 내려온 짐승 소리로
울부짖고 있는 까닭만이 아니다

동지에는
된장독 우는 소리 들려
잠 깬다는 엄니가
굴품헐 때 물고 있으면
부정헌 생각 들지 않을 것이라며

마른 삼 몇 쪽 밀어놓고 가셨다
동지 무렵 기제사 많은 것도
집안 내력이라면 내력이리라

굴품헐 때 '궁금할 때'의 충청 방언.

환한 세상

귀가허려 버스 기다리는디
칼바람 녹이는 짜장면 냄새 한 그릇이다

유리창 너머 아기 엄니
아이랑 짜장면 먹고 있다
엄니가 한 젓가락 끌어 올리면
엄니 입 바라보며 함께 입 벌리고
엄니가 손 받혀 한 젓가락 물리면
호로록 끌어 올린다
이맘때 엄니 품 깃들어 살며
국수 끌어 올리던 옛일 기억헌다
아 뜨거워 칭얼거리면 물 한 숟가락 떠먹이던
달챙이숟가락들 모두 어디로 갔나

바라보며 손 흔드니
짜장 묻은 입으로 활짝 웃는다
어여 먹어 어여 먹어 고갯짓허자

엄니 품 바짝 붙어 아 아 엄니 바라본다
또 한 가닥 물리자 호로록 끌어 올린다
환한 세상이다

날파리 증

웬수도 깊어지면
읇던 정 생긴다 허였던가
밤낮읎이 아른거리다 살 만허니 다시 나타난
날파리 늠 잡으먼 단칼에 베어
달빛도 흐릿헌 또랑 개똥밭 불 지펴
부지깽이로 뒤적거리다 활활 타오르먼
덩실 춤이라도 춰야지 골똘해 있는디
앓는 듯 봉당마루 둔눠 있는디

이늠 보소
내 무거운 눈꺼풀 앉어 감었다 뜰 적마다 나타났다
사라졌다
베름빡 달아놓은 쇠부랄만 헌 시계추 매달려 낄낄거
리다
달챙이숟가락 달라붙어 누룽갱이 긁다
문풍지 소리로 잉잉거리다
이제는 칼칼헌지 엊저녁 한잔허고 문지방 올려둔

김치보시기 앞에 앉어 지범거리다

가랑잎 달라붙어 마당 한 바퀴 돌고 장꽝 달려가

눈발로 흩날리는 것 귀경허다 잠들었는디

이보씨요 우리 집이서 젤루 팔자 좋은 냥반

오늘은 오째 술도 마시지 않고 멀쩡허니 낮잠이오

헐 일 읎으먼 눈발도 흩날리고 허니 메주나 매답시다

허는디

벌써 혼은 오디로 내빼고

등신 하나가 앉어 메주 덩어리 앞으로 다가앉는디

겨울의 끝

불당골 내려오는 바람이 나를 부르며 운다

탈영한 자두가 왔다 갔고 오도민인 아버지가 끌려갔고 대밭이 주저앉았고
푹푹 흩날리는 군화발이 미나리꽝 지나 대청까지 들어왔다

강물은 얼어붙어 오도 가도 못 하는 내 신세와 같았을 것이다

해탈

해나무텅이 샴알 집 아줌니 어디 가시나
굳은 날 탱자나무 매달린 비닐봉지 걷어 쓰고 소쿠리
는 끼고
개울물 토닥토닥 어딜 그렇게 고요히 가시나

샴알 집 '마을 공동우물 근처의 집'을 뜻함.

2부

—

여우 2021

I

한낮

대밭에 흰 새 울다 날아갔다
천둥 번개 불러들인 대추나무도 슬퍼하였다
강 마을 들어서는 샛길은 또랑 만들어 며칠 수근거렸다

땡볕이 채마밭에 날개깃 털었다
마루턱 기대 댓잎이 쓰는 글 몇 줄 읽다
받아 쓸 요량으로 고쳐 앉으면
풀잎은 강물 소리로 흔들리다 울음 터뜨렸다

마루가 걸을 때마다 슬픈 노래로 찌걱거리자
고욤나무는 주렁치렁 매달린 그늘 뒤란에 뿌려놓았다
마당이 바람도 없는 한낮이라 눈부시게 적막하였다

또랑 '도랑'의 충청, 강원, 경상, 전라 방언.

모개

　다 늦은 저녁 되어서야 얼굴 한 번 빼꼼 내밀고 가는 수구리 집 딸내미 허리춤 사이로 피다 만 동백꽃 떨어질 것 같고

　모개야 모개야 부르면 청령 끝 방앗간 집 작은아덜 오토바이 꽁무니 매달려 손 흔들다 개골창으로 흩날리는 살구꽃 같기도 허고

모개 '모과'를 말함.
빼꼼 '빠끔'의 충청, 전라 방언.
청령 대전광역시 동구 추동 가래울에 있는 한 지명.
개골창 '개울'의 충청, 전라, 강원 방언.

손님

냇물이 녹아 자갈밭 쇠스랑 긁는 소리다

작년 가을 내려놓은 밤송이들이 더벅머리로 또랑까지 왔다

겨우내 산꿩이 바위에 꽃 그림 그려넣고 꺼겅꺼겅 내려왔다

마당 켠 걸어놓은 양은솥에서 간장 달이는 냄새 가득했다

어린애 업은 민들레가 팔 걷어붙이고 장꽝 앉아 된장 치댔다

담장 넘겨보던 홍매가 멈칫멈칫 다녀갔다

동백이 까마중이 괭이밥이 다녀간 날 붓 통 멘 목련

이 찾아왔다

며칠 비 그림만 그리다 돌아갔다

이른 아침부터 바람이 아래에서 위로 대찬 날이다

볕

품속 같다 무엇이든 끌어안고 있으면 한 생명 얻을 수 있겠다

겨우내 버려두었던 텃밭도 품속 따뜻했는지 연두가 기지개다 뾰족한 입술 가진 호미도 혓바닥 넓은 꽃삽도 품속 그리웠는지 입술 묻고 뗄 줄 모른다 나를 품었던 엄니도 이제 품속 돌아가려는지 양지 녘 볕을 있는 힘껏 끌어 모으신다

품속 내려놓은 어미 닭이 병아리들 꽁무니 매달고 의젓하게 마당 맴돌고 있다

봄날

꽃마차 들어온 날이다
고삐 쥐어주면 찔레 강 길 한 바퀴 돌았을 테다
챙 모자 쓴 엄니는 한 바퀴만 더 돌자 하셨을 테다

봄비는 채찍 쳐 정지 뜰 급히 건너가셨으니
마차 지나간 보리밭길 찔레꽃 몸 부르르 턴다
아버지는 평생 고삐 잡는 것을 부적 쥐듯 살고 있어
맘 급한 명자꽃이 펄쩍 뛰어내려 버드나무에 그러맨다
강 물결 무지기치마로 출렁거리자
갈기 머리 봄볕이 목덜미 간지러운지 구유통 기대 참빗
질이다

풀거미 모였다 흩어지며 노을 잣고
나는 너럭바위 앉아 강물 바라보는데 말방울 소리 들
린다
찔레꽃 앞발 들어 히이이잉 우는 봄날이다

무지기치마 부녀자들이 명절이나 잔치 때에 겉치마가 부풀어 오르게 보이려고 치마 속에 입던 통치마.

수국

먹감나무 이파리가 수북이 쌓이기도 허고
몇은 가지 끝에 매달려 빙그르르 돌기도 허고
낮부터 차가워진 바람이 벌겋게 코끝 달구기도 허여

텃밭 물끄러미 눈길 돌렸더니
마른 수국이 보자기에 싼 징을 머리에 이고
부소무늬 올라오는 당골네 뒷모습이라
아이고 엄니 허고 부르니 눈썹 하나 떼어주고
엄니 엄니 허고 또 부르니 노려보는디
해끗해끗 눈발 날리더란 말시
나는 양손 사타구니 늫고 으흐흐흐흑
어깨 들썩이다 생각하거늘

녜기를 헐 눔 같으니라구 내가 아무리 무루팍 쑤시
구 허리께 머시가 드가 있나 밤낮 도굿대루 조사불구
있는 거 같어두 속 씨기지 말라구 암시랑토 않게 댕기
구 헝게 안직두 간수메공장 폴폴 날러 댕김서 초랭이

방정인 줄 아능가베 추난호글春顏豪傑 좋기는 허겄다마는 인자 가면 온제 올지두 모릴 엄니 가는 길 내다보기는 해얄 긋 아녀

눈 흘기던 엄니는 이제 추운 줄도 모르고 배고픈 줄도 모르고 허리 아퍼 뜨끈뜨끈허니 둔눠 지질 줄도 모르고

부소무늬 충청북도 옥천군 군북면 추소리.
간수메 '통조림'의 일본어.

새 떼

새 떼 날아오르자 먹감나무 이파리가 꼬리 흔들며 내려앉았다

마당 켠 가마솥 아궁이로 몰려든 먹감나무 이파리에 눈알 하나하나 붙여주었다 개중 몇몇은 억새 바람에 홀려 호수로 돌아가기도 하였다

봄날 끝자락에 피어 당숙한테 머리끄덩이 잡힌 엄니는 말 한마디 하지 않고 가을 깊도록 돌아오지 않았다

그믐이면 호수 건너려 발등에 금이 간다는 붉은 바위 앉아 엄니 기다려도
보따리 들고 오다 뒤도 돌아보지 않고 새 떼로 돌아가시겠지만
아궁이 앞 앉아 먹감나무 이파리에 눈알 붙여 엄니 계신다는 쪽으로 날아 올리자
매운 연기가 기럭기럭 날아갔다

호박꽃

퇴근길 만나는 호박꽃 들여다보다

저이도 가정 이루었으니 가장인 아줌니 허리 아파

담벼락 기대 대파 한 단이랑 매운 고추랑 말린 고사리 조금 놓고

떨이라는 저녁이 쏟아져 나와 나는 또 한 번 바라보는데

차갑게 식은 젯밥 같은 것을 양푼에 넣고 열무김치도 넣고

바쁘게 비빈 듯 흰밥이 듬성듬성 보이는 저녁을 한 숟가락 퍼 넣다

흘낏 바라보는 눈이 하도나 순하여

아줌니 이거 다 얼마유 주섬주섬 집어넣고

고욤나무 가지 타고 오른 덩굴에 조막 덩어리만 한 호박 바라보는

이때가 좋아서 엄니랑 마주 앉아 저녁 비비던 툇마루가 좋아서

나는 또 먼데 서쪽 하늘 바라보기도 하는 어스름이다

적멸

쥐한테 물린 자국 보이기에
깨 털다 물린 자국 아직도 남아 있는규 습벅거리니
애덜 근강햐 집 안에 쥐는 읎구 다른 말씀이신 엄니가
이빨도 없어 밥 한 숟가락 한참 오물거리다

울지 말구 절허지 말구
정 거시기허면 생일날 떡국이나 끓여 애덜이랑 노나
먹덩가
입성일랑은 조 아래 또랑이 가서 다 태워버리구

또 주무신다

이 밤 누가 논두렁 태우고 있나
매운 눈 비비며 쥐를 잡고 있나

메밀꽃

추석 대목이랬자
보따리 들고 엄니 따라
아홉 고개 넘어가는 일

이 집은 아들 다섯
저 집은 홀애비만 둘
오동나무 집 들어서면
여시 왔다
주원네 달여시 왔다

사흘이고 나흘 지나
부소무늬라는 외가 돌아
강 길 밟아 오면
서늘한 강바람에 핀
엄니 등허리 꽃

메밀꽃
메밀꽃

손 없는 날

보문산 보리밥집 평상 앉아 있었지
양푼이 비빔밥 따라온 상추벌레가
어디를 급히 가려는지 꿈틀대고 있었지
비는 내리고
비구스님 걸망도 석수쟁이 김 씨 두툼한 손등도
양푼 깊숙이 꿈틀거리고 있었지
옛날 애인이 살다간 골목 뛰어나온 눈두덩 부숭한
아줌니
나처럼 보리밥 한 그릇 비비며 중얼중얼 내리고
알몸의 아이들은 발랄하게 쏟아지고 있었지
손 없는 날 가신 엄니 아직 오시지 않고
나는 참기름 몇 방울 떨어뜨려 보리밥이나 비비고
있었지
꾸역꾸역 밀어 넣고 있었지

보름 벌레

가을은 왔다 강물은 애잔함도 없이 웅숭깊게 흐르는
구나 갈대는 따라나서고 싶어 엄니 치맛단 잡고 허리
꺾는구나 수레국화는 무슨 할 말 있어 어린 것들 데리
고 여기까지 왔나 가죽나무가 허름한 돼지 막으로 가
을볕 쏟아놓는다

저 가을볕 따라 한 생애가 낯선 별자리로 갔다 평생
무명 저고리 하나로 강아지풀 스미다 쓸쓸하게 떠났
다 바람 불 때마다 봉우리 하얗게 맺히는 강 물결이 망
초꽃으로 출렁거리자 뒤란 장독대 밝히던 보름 벌레가
먹감나무 이파리로 몸 가리누나

행상 다니던 엄니는 보름 벌레 발자국 따라 빠른 걸
음으로 고샅 돌아섰을 것이다 이마도 한 번 훔쳤을 것
이다 엄니 오셨나 엄니 오셨나 강아지풀이 말방울 소
리 그려 넣는 병풍산 쪽으로 엄니 손톱만 한 불덩어리
사선 그으며 사라진다

달강

행상 나간 엄니는 오밤중 되어도 돌아오지 않아
나는 양칭이 길 처녀 귀신만 산다는 달 강 건넜네

무청 밭 지나가는 짐승이 어린애 울음소리로 자지러
지면
복숭아나무와 버드나무 가지가 목덜미 싸늘하게 훑
고 갔네

고개 넘느라 이슬이 다 된 엄니 따라 걷는 달 강 길에는
망초꽃으로 쏟아져내린 별들이 기우뚱기우뚱 발등
에 차이기도 했네

양칭이 대전광역시로 편입되기 전 충청남도 대덕군 동면 용계리의 한 지명. 대
청댐 공사로 수몰되어 사라짐.

북바위

뜰팡 세워둔 서리태 부지깽이로 두들겨 툇마루 밀어
놓고

살구나무 집 들러 북어랑 막걸리 한 통 챙겨 털보네
뒷산 북바위 왔다

도라지밭에서 북채로 쓸 만한 못생긴 주먹돌도 하나
데리고 왔다

산 턱 내려오는 저녁 바람이

목덜미 서늘하게 핥고 지나가며 산죽 부딪는 소리
냈다

어려서 죽은 누이동생이 엄마 히고 부르던 울음처럼
길었다

나는 북어를 서쪽에 두고 엄니처럼 북바위 앞에 앉아

텅 하고 돌을 치면 무너져내리는 듯 개운하였다

개울가 서리 묻은 꽃들도 지은 죄 씻어내는지

텅텅 가슴 치며 고요를 달래는 입동 무렵이다

여우

정월은 여우 출몰 잦은 달이라서 깊게 가라앉아 있다
저녁 참지 못한 대숲이 꼬리 흔들며 언덕 넘어가자
컹컹 개 짖는 소리 담장 깊숙이 스며들었다

이런 날 새벽에는 여우가 마당 한 바퀴 돌고
털갈이하듯 몸 털어 장독대 모여들기 시작하지
배가 나와 걱정인 장독은 옹기종기 숨만 쉬고 있었을
지 몰라
여우는 골똘하게 새벽 기다리다
고욤나무 가지에도 신발 가지런한 댓돌에도
고리짝 두 개 서 있는 대청까지 들어와
바람을 토굴처럼 열어 세상 엿보고 있다

나는 칼바람 몰아치는 정월이면
문풍지 우는 소리 견디지 못해 밖으로 뛰쳐나갔다
그럴 때마다 화진포에서 왔다는 노파가 간자미회 버
무려주는 집에서

며칠이고 머물다 돌아오곤 하였다
소나무가 한쪽 팔 잃고 먼 산 바라보는 것은
밤새 여우가 길 내어 올라간 북방 그리워하는 것
나는 북방 사내인 듯 여우 지나간 길 한참 바라보다
새벽밤 툭툭 털고 일어나 마당 나서면
흰 털 보송보송한 여우가 뽀드득뽀드득 소리 내어
따라왔다

오늘처럼 솜 눈이 푹푹 날리는 날이면
나는 어디를 급히 다녀와야 할 사람처럼
고욤나무 아래에서 여린 가지 바람 타는 소리로
꼬리만 남은 강변길 우두커니 바라본다
대숲도 따라나서고 싶은지
여우 지나간 길 흰 그림자 내어 굽어보고 있다

II

시

황톳길과

문간 살구나무와

토마토와 매운 고추와 가지와

오이 줄기 쩜매놓은 녹슨 철사와

서쪽으로 날아가는 검은 새와

향난재 고욤나무와

바람과 강물과 풀잎과

빗방울과 처마와 먹감나무와

헛간과 변소와 수국과

나와

쩜매놓은 '묶어놓은'의 충청, 전북 방언.

앵두가 익어가네

며칠 울다 나와 대청 건너려는데 삐걱삐걱 익은 마루 슬프기도 하지

마당에 쏟아놓은 흰 빛이 아무리 환한 얼굴로 쌀 씻어도 훌쩍훌쩍 눈물만 흐르지

정구지 키우던 뒤란도 먼 하늘 바라보며 어깨 들썩여 흐느낄 제

정구지 '부추'의 충청, 경상 방언.

달가락지

유품 정리하는데 흔한 금붙이 하나 나오지 않는다
자랑이라고는 웃을 때 살짝 보이는 어금니 금이빨이
전부였는데
그것도 몇 해 전 틀니로 갈아 끼워 오물오물 평박골
만드셨다

팔순에 손녀가 선물한 화장품도 새것으로 보아
바라만 보고 흡족해하셨나 보다
쪼그리고 앉아 호미질하는 것 좋아하시더니
꽃으로 돌아가고 싶은 것이었을까
귀퉁배기 깨진 밥그릇에 심은 꽃잔디가 마루까지 뻗
어 있다

헌 옷가지며 먹다 남은 약봉지 태우다 물끄러미 장
꽝 바라보니
남루를 기워 입어 한껏 차오른 달이 가락지인 양
고욤나무 빈 가지에 걸려 빠지지 않는다
무르팍에 얼마나 문질렀는지 반질반질하다

여수 바윗골

자귀나무 꽃이 도깨비불처럼 창호에 흔들리고 있는
것이어서
　나는 마당으로 나와 헛간을 변소를 텃밭을 둘러보다
　장꽝 옆으로 난 조붓한 대밭 길 따라 강 마을까지 왔다

　지금은 깊은 밤이라서 개 짖는 소리보다
　먼 데서 넘어왔을 빗소리 더욱 깊게 드러나
　매어놓은 쪽배 곁에 물빛으로 출렁거리고 있는데
　강 건너 여수 바윗골 징 소리 가뭇하게 들린다

　누이는 차가운 마룻바닥에서
　고깔 쓴 노파가 시키는 대로 삼배하고 있을 것이다
　내세를 생각하다 북받치는 듯 흐느끼고 있을 것이다
　나는 여수 바윗골 다녀온 날이면 온몸 힘 빠지고 불
덩이 삼킨 듯 목 타올라
　엄니 모시는 일에서 비켜나 뱃전 맴돌고 있다

어느 한 곳 온전히 정착하지 못하고

밖으로만 떠도는 내 쓸쓸함이나 외로움은

출렁거리는 물결 소리로 자란 억새나 쑥대와 같은
것이어서

오늘 밤은 신神할머니 댁 댓돌 적시는 빗소리로 운다

노을 강

눈물은 강물 같아서
슬픔이 울컥 나를 데리고 강으로 간다

영영 끝나지 않을 것 같던 사랑이
얼마나 외롭게 했는지 피 말리게 했는지
미쳐버리게 했는지
흩날리던 꽃잎도 강가에 와서는
또 한 번 뒤척이다 강물 소리로 돌아간다

덩어리째 떨어진 울음도
한쪽 다리 절며 서쪽으로 가고
텅 빈 방에서 노을 강 바라보는데
타다 남은 낮달이 흘러내린 이마가 벌렁거리는 심장이
다 하지 못한 말처럼 훌쩍훌쩍 흘러간다

가을밤

풀벌레 울음 가슴을 찢는 밤이다
먹감나무 이파리가 먼 길 다녀온 듯
툇마루 내려앉으며 적막을 깬다

나는 바람벽 비스듬히 기대어
안방 바라보는데
한숨인 듯 앓는 소리인 듯
가쁘게 몰아쉬던 숨소리도 없이
텅 빈 방이
컴컴하게 뚫어 놓은 굴속 같다

나지막이 엄마 하고 부르니
아랫목 깔아 놓은 이불이
자다 꿈을 꾼 듯
누구여 애비여 언제 들어온겨
아이고 깜짝 놀랐네
또 꿈속으로 들어간 듯 찌푸린 미간으로

고욤나무 가지 걸린 달이 노랗게 익어간다

나는 컴컴한 빈방 향하여
엄마 하고 부르면
엄마는 바람벽에서 내려다보기만 할 뿐
아무 말 하지 않는다
내가 다시 엄마 하고 부르니
텃밭 풀벌레가 나를 따라 하는 듯
엄마 하고 우는 밤이다

폭설

눈발 흩날리니
뒤란 앙상하게 서 있는
고욤나무가 풍경처럼 울어요

저 새 좀 보세요
검은 족두리 썼나 봐요
부리는 붉은데 끝을 요렇게
요렇게 하고 부르는 노랫소리가
아쟁 켜는 듯해요
방문 열고 나온 엄니
요령이라도 흔들 것 같아요

마당에 벌판에 눈발 쌓여도
몸 일으켜 걸을 수 없어
점나무팅이 외돌아진 점집 앉아
풀풀 흩날리는 신세들 보듬던
엄니 무명치마 같아요
젯상 올린 고봉 메 같아요

핑경 워낭소리.

숫눈

댓잎 얼어붙은 뒤란 열어 장 뜨고 김치 한 보시기 담아 따끈한 반상 내어주면 나는 오종종 달라붙어 숟가락 달그락거리다 대숲이 뱉어내는 새 떼처럼 밖으로 뛰쳐나갔다

숫눈이 푹푹 흩날리는 날이면 버드나무 후리채 들고 콩새며 박새 까투리 사냥으로 하루 점두룩 밭둑 스미다 더께진 빈손으로 들어오면 엄니는 하는 짓이 오째 꼭 늬 아부지냐 얼른 밥이나 먹어라 가마솥 습증기 속으로 사라졌다

오늘처럼 눈발 날리고 가죽나무 사이로 새 떼 날아오르면 곁을 내어준 어깨 조붓하고 허리 굽은 엄니라는 말 떠올라 들판 뛰쳐나갈 궁리로 휘어진 소나무 가지처럼 장꽝 노려보는데 대숲도 곁을 내어준 듯 컹컹 짖더니 숨 크게 몰아쉰다

점두룩 '저물도록'의 경상, 충청 방언.

바라실 미륵원지 노을집

오늘은 생일이라서
엄니랑 툇마루 앉아 먼 산이라도 바라보고 싶어
보따리 하나 들고 기우뚱 쪽배 오르면
버드나무는 길게 늘어뜨린 머리카락 강물에 적시는
구나
손끝 갈라진 절벽은 목매바위 넘어가고 있구나

시누대길 내려온 바람이 산빛 보듬어 강물에 부딪히
기도 하지만
먼 데서 날아왔을 새들이 신산스럽게 살다간 툇마루
앉아
컴컴하게 흘러내리는 저녁 하늘이며 에돌아간 마당
귀 아주까리 이파리에 말 걸면
밥 짓는 매운 연기 산문까지 지랄나드이
아자씨 오시까 까막까치 아침부터 허천나게 짖어부
렀나 보우
젊어 혼자 된 목포내기 희수 엄니 담장 너머로 화답

이다

　나는 멋쩍게 웃고 아무도 없는 빈 마당 한 바퀴 돌다

　엄니가 발판으로 삼았을 맷돌에 핀 쑥부쟁이 바라보
며 옛날처럼 피워 보는데

　엄니는 기둥 더듬어 부엌 불 켜고

　찬장 올려둔 미역 한 주먹 꺼내 불릴 것이다

　아욱밭 풀벌레는 마을 돌아나가는 강물 소리로 울고

　새벽잠 많은 나는 돌아눕다 탁자 모서리에 찧은 이
마 비비다 다시 잠들 것이고

　아버지는 양철 대문 활짝 열어 마른기침 뱉고 계실
것이다

　꿈결에 잠깐씩 다녀가는 장작 타는 소리와 도마질
소리와

　달궈진 냄비에 미역 볶는 소리와 들기름 냄새 데리고
들어온

　서늘한 바람에 콜록콜록 인기척이면

엄니는 차가운 손등으로 얼굴 비벼 일어나라 콧등
주름잡아 웃고 계실 것이다
　그러면 나는 찡그린 눈으로 진저리치다 다시 홑이불
둘둘 감을 테지만
　등짝 얻어맞고 잘 떠지지 않는 눈으로 밥상머리 앉
아 구운 고등어나 지범거리고 있을 것이다

　나는 어느새 저 달이 떴다 질 나이라서
　물소리밖에 들리지 않는 툇마루 앉아 엄니 가신 길
더듬어보거늘
　나처럼 늙어간 고욤나무나 무너져내린 대밭 길이나
장꽝이나
　툇마루 한쪽으로 밀려 누추한 저녁 맞이하는 것인데
　노을처럼 타오르던 한 사내로 살기까지
　몇 번이고 쏟아냈을 엄니 울음소리는 오늘 밤 강물
소리로 출렁거린다

바라실 미륵원지 대전광역시 동구 마산동에 있는 미륵원 터. 미륵원은 서울에서 영호남으로 통하는 교통의 요지에 설치한 고려·조선시대 원院으로 여관 중 하나.

강

강물은 얼었다 녹았다 흘러만 갔던 거죠

하던 말 또 하고
하던 말 또 하고 얼마나 재미없었겠어요

그래서 복숭아나무는 겨우내 편지를 썼던 거예요

그걸 알고 소소리바람이 전해주었는데
강은 밤을 건너며 엎치락뒤치락 물결 소리 만들었다
지 뭐예요

낮달

기성회비 내지 못해

교실에서 쫓겨나

담벼락 따라 걸을 때였어요

햇살은 운동장 가득 적막했는데요

나를 닮은 반쪽짜리 낮달

쟤도 기성회비 내지 못했는지

걸을 때마다 따라왔어요

한 걸음 두 걸음 사립문까지 따라왔어요

망종

　왼종일 그늘만 내리는 개머리산 아래 묵혀둔 땅 있
어 이 빠진 접시만두 뭇헌 땅 여남은 평 있어 볼 때마다
저걸 오따 써 오따 써 고민허다 명과나무 걷어 내구 할
아버지 뙤신 펀던 내려온 칡뿌리 캐내구 주먹 덩어리
만 헌 돌막 주워내구 흑징이 빌려다 갈아엎어 골짜기
내려오는 물 가둬 바라보구 있응게

　찰랑찰랑헌 것이 고요를 담은 구름두 쉬어 가구 미
루나무는 제 모습 비춰 깔깔거리구 경칩이 새끼는 즤
엄니랑 마주 앉어 목울대 터져 닭우리벼 멫 포기 꽂어
놓으먼 서리 물고 찾어온 기러기 떼 맞이허기 좋겄다

　빠꾸네 논두렁 찾어가 모 돼 판 읃어다 꽂는디 그려
두 줄은 골라야지 대나무 줏어다 띄워 모를 꽂는디 하
나 꽂을 때마다 검은 산 뻐꾹새는 뻐꾹
　나두야 뻐어 꾹

개머리산 대전광역시 동구 효평동, 마산동, 추동 경계에 있는 산.
펀던 마을 앞 편편한 들판.
돌막 '돌멩이'의 충청 전북 방언.
닭우리벼 벼 중 올벼에 속하며 빨리 익는다 하여 붙여진 이름.

오늘만 같고

조선 낫 같고 해적 칼 같고 송편 같고 활 같고 쇠스랑
같고 얼룩빼기 뿔 같고 눈썹 같고 지긋이 웃던 눈 같고
넘어져 깨진 이빨 같고 손톱 같고 뒤꿈치에서 뜯어낸
각질 같고 펴지지 않는 손가락 같고 벌벌벌 떨다 잘못
찍어준 차용증 도장 같고 휘돌아 나간 강줄기 같고 버
선코 같고 모로 누워 앓고 계신 엄니 굽은 등 같고 소 몰
고 무당골 컴컴한 굴속 빠져나와 마주친 노을 같고 봉
분에 휘어져 흔들리는 강아지풀 같고 소복 같고 웽뎅그
렁 풍경 같고 칠성단에서 바라본 그믐달 같고 목하目下
오늘만 같고

해남 윤 씨네 골방에 누워

빗길 철벅거리며 어디를 다녀오려 나선 것 아니지만

누가 급히 보자 하여 소주잔 기울이려 한 것도 아니어서

역 대합실 우두커니 앉아 열차 시간 바라보고 있으면

옆집 아주머니 친정 다녀오시는 듯 가시리며 곱창 김이며 마른 박대 싸들고

비 온디 어딜 가시라 섬 같은 나를 오종종 걸어 나가며 아는 척이다

목포 앞바다 통통배 소리 여전하겠지

돛 쫓아 날갯짓하던 갈매기 붉은 주둥이 생각하다

탑립 굴뱅이 잡는 재미로 살아가는 어르신 뵐 면목으로 열차 오르면

빗소리 거품 물고 차창에 부서지는구나

나를 빗소리로 몰아넣던 사람들 하나둘 비켜서는구나

산다는 것은 가슴에 못 하나 박는 일이라서

삼경 즈음 동령개 지나온 가난한 입술 닦아내고

소라며 고둥이며 전복이 전하는 바다 울음 들으며 훌쩍거리다

굴뱅이 살로 얼큰해지면 어르신네 작은 며느리

사르락 사르락 비자나무 이파리 부딪는 소리로 자리를 편다

따끈하게 데워진 방바닥 목침 끌어다 천장 바라보며

외롭게 떠도는 내 서러운 사정이나 문학이라는 쓸쓸함이나

웃고 떠들던 벗들 생각에 골똘하다 소반처럼 네모난 쪽창 향해 모로 누우면

비바람 쓸고 간 마당 켠 갯무꽃이 위로라도 하는 듯 몸 바르르 턴다

나는 엄니 보내드리며 한때 벗으로 삼았던 사람들 멀리하고

여귀산 아래 해남 윤 씨네 골방에 누워 파도가 끌어

올렸다 뱉어내는 몽돌 소리 듣고 있다

　내가 살아가는 일은 하도나 강퍅하여 이불 짝 같은
해무 끌어다 덮으면

　술 한 모금 넘기고 견딜 수 없는 뜨끈한 것에 끌린 듯

　아침 가르는 갈매기 울음소리로 가슴에 맺힌 것들
쉽게 사를 수 있어

　오늘은 비자나무 그늘이라도 끼룩끼룩 풀어놓을 수
있겠다

탑립 전라남도 진도군 임회면 죽림리에 있는 마을.
동령개 전라남도 진도군 임회면 굴포리의 한 지명.
여귀산 전라남도 진도군 임회면 용호리에 있는 산.

III

삭망

가뭇없이 취해설랑은 바람벽 기대 수구리구 있다
함께 따러온 장승이 눔 안달 나 자꾸 보채면
가만 있어봐 내가 저 꿈틀 돌아눕는 별자리 강 물결
두구 오디를 간다뉘

소주 뒤 병 더 마시구 갱변 버드나무처럼 머리카락
적시는디
쥔장 어린 딸이 나처럼 반쯤 감긴 눈으로 꼬라질 듯
나와
엄마 우리는 온제 잘 껴 칭얼거리기에
일어나 바라보다 울컥 서러워져 눈물 쏟아내구 엎더
지며

물소리뿐인 컴컴한 시상 뒤로허구 강물은 나를 두구
근너간 보리빝이라
한 잔 더 안 헐 수 있나 버드나무 기대 한 곡조 뽑아보
는디

장승아 술 받으러 간 땅개 오째 오지를 않늬 다 늙어 빠진 땅개야 언능 저 강 근너오늬라 근너와서 옛날처럼 갱변 앉어 또 한 잔 나누다 춤이라도 춰야 원두 풀리구 헐 긋인디 땅개 근너가 영영 오지 않는 갱변 어여 오늬라 구신아 구신아

겨울밤

초저녁만 되어도
불 꺼지는 산중마을입니다

산고랑 내려온 바람이
고욤나무 아래 마른 눈 쓸고 가거나
엄니가 켜 놓은 얼굴 흔들리거나
처마 끝 매어 놓은 빨랫줄 윙윙거리면
도둑괭이 헛간 세워둔 고무래 건드렸나
개들이 컹컹 짖기도 합니다

아버지처럼 늙어간 나는
텔레비전 화면이나 멀뚱거리다
밀어둔 양재기 더듬어 호두알 깨물면
마른 손가락 같은 밤이 슬플 때 있습니다
댓돌 가지런한 신발처럼 쓸쓸할 때 있습니다
시한이까지만 살기로 한 통나무집 정짓간에서
각시는 마른 북어라도 두드리는지
텅텅 바람벽 울리기도 하는 겨울밤입니다

엄니

영복이 아버지 일흔 넘기고 애미고개 넘어가자 먹감
나무 아래 키질이던 엄니 알고 계셨다는 듯 절집 올라
가 참나무 장작 쌓아 불 놓으셨다

천복 씨 엄니 며느리랑 싸우고 옥천까지 걸어가 느
티나무에서 영영 내려오지 않자 이랑이랑 배추 모종에
거름 내던 엄니 그럴 줄 알았다는 듯 머릿수건 벗어 허
리춤 탑세기 탁탁 털어내셨다

집 너머 골 오두막 살던 당고모가 백중날 아침 바람
벽 그려 넣은 국화꽃으로 떠나자 점심으로 먹으려 애
호박 부침개 하던 엄니 도도도도마질 서두르셨다

댓잎이 싸락눈 받아내는 저녁 무렵이었을까 구렁 내
려온 바람이 사나운 짐승 소리로 울다 문풍지로 고요
를 달랠 무렵이었을까 큰할머니 뵙고 오신 엄니가 머
리 풀자 온 집안이 그렁그렁하였다

사랑가

딱히 갈 디두 마땅찮구 눈발까지 날려 애개미까지
걸어가 모리미 한 주전자 받어와 짐장김치를 손으루
쭉쭉 찢어 군고구마랑 한잔 허는디

말읎이 나간 각시 팽나무 집이서 해 떨어지기만 기
둘리구 있었나 어둑어둑혀지니 대문 열리는 소리 들려
엊그르께 생명 은은 오양간 점벡이 즤 엄니 묏등 같은
젖통 들이받다 메 허구 우는 눈망울루 문간 바라보구
닭 보듯 허자 깔짱은 끼구 털신 끄는 소리 내며 한마디
되아내는디 되아내는디

이보씨요 내 속을 그케 긁어놓구 한잔헝게 맴이 펜
허요 시상 여자덜이 다 이뻐 보이구 그라요 나는 마리
요이 당신 어거지 쓸 때면 기가 개골창으루 죄 빠져나
가는 것 같구 시상 남성덜이 다 꼴두 뵈기 싫다 그 마리
요 이짝으루 나와 봇씨요 나두 정신 줌 나게 한잔혀 볼
랑게 엉덩이 밀어 늫는디 굳이 조붓한 소두방 뚜껑 곁
으루 찡겨 앉는디

162

모리미 물을 조금도 섞지 않은 술인 '전내기'의 충청, 경상 방언.
깔짱 끼다 양손을 양쪽 겨드랑이 사이에 끼는 행위.

2부 163

콩꼬투리

초상집에서 이틀 밤 꼬박 새워
삼거리 집 소금 한 주먹 은어 뿌리구
마늘밭 들러 대문 들어서는디

해끗해끗 눈발 날려
장승이네 담장 기웃거리다
땅개네 대문 흔들어 보다
빼꾸는 마누라힌티 꼭 붙들려
꿈쩍허지 못허나 댓잎만 흔들린다

봉창이 손 집어늫구
갱변이나 한 바퀴 돌아볼까 모퉁이 돌아서니
고라니란 녀석 얼어붙은 호수 뛰어들어
온몸으로 시 짓구 있구나
얼음은 그길 다 받아내느라 꾸룽
꾸루룽 엄살이구나

중모리 길 지나며

옜다 콩꼬투리 한 주먹 던져 주니

고라니 녀석 간신히 빠져나와

너럭바위 아래 시 한 편 내려놓구 줄행랑이다

김 모락모락 오른다

오늘은 비

아침 겸 즘심을 짜장면이랑 쏘주로 때우고 있는디
옆자리에서 탕수육 노나 먹던 홍안의 여자아이 둘이
주뼛주뼛허더니 저어 아저씨예 담배 있으모 두 까치만
주이소

나헌티 허는 소리는 아니겄제 면발에 고춧가루 뿌려
길게 끌어 올리는디 쏘주도 한잔 털어 늫으려 허는디
아저씨예 으이 담배 있으면 돌라구 예에 있으모 두 까
치만 주이소 허는디 금방이라두 눈물 쏟아낼 것 같은
내 어릴 적 닮은 미간과 깊게 파인 간절헌 인중 어찌나
슬퍼 보이던지 엄지와 검지 사이에 낀 소주잔까지 덜
덜덜 떨려

쿵쿵 느그 아부지 머허시노 물으니 울 아부지예 씨
진삥인데예 와예 아래위 훑어보다 팽허니 튕기 나간다
창밖에 비는 내리는디

살림 1

딱 이맘때였을 게라우 뽀리뱅이 볼 만허다 허여 땅
개랑 짜구 데리구 펀던들어 가설랑은 꽃두 보구 이파
리두 들썩거려 보구 허리까지 차오른 보릿대춤두 춰보
다 새챙이 집 들어가 묵사발 시켜놓구 묵 하나 집는디

묵이란 눔 어찌나 지름챙이 같은지 요리조리 우르
르르 몰려댕겨 한 볼테기 집어늫을랴면 절집 남사당패
끌려 나오드키 허는디 이눔은 북 치구 나오구 저눔은
장구 치구 나오구 그눔은 징 치구 나오구 피다 만 눔은
꽹가리 두드리매 방바닥 줄을 골라 젓가락질로는 택두
읎는지라 숟가락으루 퍼늫다 인자 걷어붙이구 맨손으
루 빨아늫다

소주랑 밴댕이 조림두 시켜 오지게 먹구 게우구 지
랄 났었어라우

오늘은 새벽부터 이실갱이 내리는 들판 시 짓는 모

습 바라보구 있옹게 주둥이 뿌우연 소낭구 꽃놀이 가
자 잡어 끄는 것 가텨 앉었다 일어섰다 대추낭구 걸린
비닐 봉다리까지 날기 공부를 허는디

  으이으이

뿌리뱅이 쌍떡잎식물 초롱꽃목 국화과의 두해살이풀.

살림 2

바람이 뼛속까지 파고들어 오디 돌아댕기기두 으설 펴 문지방 옆댕이 오그리구 앉어 문풍지 우는 소리 들 으매 손장단이나 맞추구 있는디 마실 갔다 오종종 들 어오던 각시 뜰팡이 엎어 놓은 양재기 꽁무니바람에 굴러가다 바람벽 부딪혀 찌그러지는 소리루 한 마디 되아내는디 봄은 허세여 꼭 우리 집 바깥 냥반 가텨 쥐 뿔이나 향기두 읎는 굿이 요란 떨기는 아이구 춰 아이 구 그라더니 깔짱 낀 손 풀기두 구찮다는 듯 물소리 들 은 거우 새끼 모냥으로 주억거리매 돈이나 있으면 멫 푼 끄내보슈 시한이 메주 매달아놓구 항아리 읎어 떼 지 못허구 있는디 이러다 잘허먼 장마 지겄수 요즘은 오디 또랑 치러 오라는디두 읎슈 가끔 마 넌짜리두 찔 러주구 하더면 오째 그런 것두 하나 읎능규 술이나 마 시구 댕기지 말덩가 요새는 허구헌 날 방구석 틀어백 혀 꿈쩍 않구 있던디 오디 돈 나올 구녁이라두 있기나 헌 거슈 팔자 고쳐준다매 그 늘어질 팔자 고쳐줄 돈 온 제 벌어다 줄랴구 뒹굴뒹굴이요 으이으이 쥐 잡듯 허 다 되똥거리매 내 우아기 집어 드는 것인디

살림 3

슬 명절 철질허는 중인디 애가 배고파 칭얼거리기에 부뚜막 앞에서 동태전 부치다 말구 돌아앉어 젖 물렸다구 작은 엄니가 글씨 작은 엄니가 부정 탄다매 부지깽이루 때리구 머리끄덩이 잡어 아궁이 쪽으루 떠대밀어 어린굿이 소두방 모서리에 이마 쩌 피가 철철 나는디 쳐다만 보고 있더랑게유 봐유 야가 커서 으른 다 되야부렀는디 이마빡에 뜬 그믐달 같은 상처 그대루 남어 있는 거 봐유 봐유 못내 서러워 까막까치가 가죽나무 주위를 갸악 갸악 맴돈다는 전설 남아 있는 집 마루턱 앉어 오늘은 바람에 흔들리는 대숲이 되어 보기도 하는 것입니다

철질 솥뚜껑 모양의 무쇠 그릇에 기름을 두르고 전병, 부침개, 누름적 등을 부치는 행위.

살림 4

아무리 치워두 표 나지 않는 집 안 청소허다 하두나 구찮여 로봇 청소기 하나 들였슈 달챙이 숟가락만 헌 전원 눌러 놓응게 일러루 절러루 돌아 댕기매 먼지구 송홧가루구 왼갖 탑세기 깨깟이 쓸구 닦구 훔치구 난 세간웅 기특허여 곁에 놓구 흠집이라두 날까 금이야 옥이야 기르는디

오늘은 퇴근허여 집에 들어와 봉게 들어와 떡허니 방문 열어봉게 구린내 천지 진동허는 것 아니겄슈 마 룻바닥 딜여다봉게 번들번들 부엌바닥 딜여다봉게 번 들번들 안방 건넌방 개똥칠루 번들번들허여 콧구녁 벌 렁거리매 생각혀보니 청소허그라 전원 눌러늫구 출근 혔는디 요요 요망헌 긋이 똥판까지 밀구 올라가 개똥 한 무데기 물구 쵱일 구석구석 개똥칠루 되베를 해놓 거 아니겄슈

팔 걷어부치구 쪼골티구 앉어 수세미루 닦다 물걸레

질허구 마른걸레질허다 물걸레질허구 봉당마루 앉어
늦은 저녁 먹는디 꾸역꾸역 밀어 늫는디 구만리 서쪽
하늘두 오늘 하루 너무 급히 넹겼나 마당가 싸질러 놓
은 누런 똥이 한 무데기라 물끄러미 바라보구 있웅게
이긋이 시상 고요허니 잘 익은 가을밤 아니구 무엇이
겄슈 그리허여 살강 밑 술동이 끌어안구 나와설랑은

살림 5

  오늘이 엄니 지삿날인디 부처님 오신 날이라구 작약
이구 이팝나무구 전봇대구 꽃은 펴 흐드러지는디 각시
헌티 꼭 붙들려 닭 삶구 산적 부치구 도라지 치대구 양
손 궁굴려 동그랑땡 맹글구 아참 숙주나물 빠졌네 줄
포네 뛰어가 숙주나물 사 오구

  반서갱동 두동미서 감 놔라 배 놔라 강신허구 유식
허구 음복허는디 괴기 맛본 지 오래라 산적에 자꾸 손
이 가구 조기 살 짭쪼롬허니 좋구 생전 젓가락질 한 번
않던 숙주나물두 맛나구 도라지에 시금치에 젯밥 미어
터지는디 칼칼헌 짠지로 입가심허면 좋겄다

  이보씨요 각시 당신 좋아허는 사랑채 짠지 좀 끄내
다 주면 오늘밤이는 죽어두 여한이 읎겄소 허니 노려
보다 일어서는디 끙허구 일어서는디 남새밭 담배상추
두 힘껏 기지개던디 상추쌈두 썻어다 디리까유 장단
맞춰 그라면 좋제 고개 끄덕이니 호랭이 물어가네 엄

니 가신지 메칠 됐다구 상추쌈으루 미어터지겠다는 굿

이여 엄니 보면 픅이나 좋아 허시겄수 쯧쯧

새벽

아무리 읽어도 넘어가지 않는 책장 만지작거리다 일어난 새벽이다

컴컴한 마당에는 소나무 숲 지나온 바람이 몸 부르르 털고
마을 돌아나가는 강물이 밤새 읽은 구절 한 줄도 생각나지 않는다는 듯 중얼중얼 흘러간다
부엌문은 부엌문대로 들락거리고
은행나무는 은행나무대로 흩날리고
마당은 아직 읽어야 할 책장 많이 남아 있는데
여기까지 읽을 양인지 살얼음 불러내어 은행잎 한 장 꽂아두었다

뒤란 쓸고 가던 손돌바람이 돌계단 앉아
손가락으로 한 땀 한 땀 짚어가며 읽는 진눈깨비 바라보다
헛간 뛰어들어 덧배기춤으로 머리 조아리다 잠잠해지는 오두막이다

이 몸이여 홀로 살아가는구나

나는 이제 빨랫줄에 해지고 구멍 난 셔츠로 걸려 있다
바람 들락거리기 좋았으니 풀 먹은 베옷처럼 얼어
앙상한 갈비뼈 자리 훤히 들여다보이는구나
이장하는 목사공파 7세조 유골처럼 고스란하구나
할아버지도 손 닿지 않는 등허리 쪽 가려웠으리라
친정 간 각시처럼 할머니 계시지 않아
오동나무 둥치 기대 긁적이고 있었으리라
이 몸 벗어 걸쳐두고 며칠 술잔 속 세상 떠돌다 돌아와
맨몸 다 드러낸 푸댓자루로 널브러져 술 몸살 앓다
솜 눈이 푹푹 쌓일 것 같은 산초나무 바라보니
저이도 며칠 어디를 다녀왔는지 찬물 들이켜는 신음
소리로 스러진다

이 몸이여 홀로 살아가는구나 고려가요 〈동동〉에서 따옴.

첫눈이 해끗해끗

허는 일마다 어쭙잖은 흉내로 썩 마음 내키지 않았
던지
오늘은 지난가을 독사골 들어가 주워온
밤톨 몇 개 던져주더니
이거나 콩댓불에 구워 오너라
흘끔 바라보구 소죽 끓는 가마솥
아궁이 앞에 한쪽 몸뚱이 구겨 넣구
콩댓불 호호 불어 밤톨 도닥거려 놨다

저녁은 어스름허여 기둥 매달려
국수라도 미는 듯 서까래 쪽으로
꼬랑지 길게 빼고 두엄 밭 헤집던 달구 새끼도
집 들어가려다 정짓문 앞에 훼 치는디
또 한 번 치는디

엄니 머릿수건 쓰고 개숫물 비우려
수쳇구녁 앞으로 한 발 딛으려 헐 제

미나리꽝 지나던 수수목 바람도

모가지 쑥 빼고 뜰팡 오르려 헐 제

세밑

세밑 앉아 되짚어보니
내가 잘할 수 있는 일 하나 없구나

가으내 도리께질이던 바지랑대는
밥할 때 넣어 먹어라 서리태 한 줌 쥐어주고
손톱 까매지도록 깻잎 따던 당골네 소쿠리는
손주 엎고 삽작거리 돌며 자부랑거리고
모퉁이 집 황 보살은 막걸리 한 통 들고
한사코 마루 앉아 꼭다리 비트는디
나는 밥 한 그릇 지어낼 수 없구나
텃밭 뒤적거려 겉절이 버무려낼 재주 없구나

울타리까지 올라온 매화나무가
바람 소리로 바닥까지 휘어져 지팡이라도 쥐어주려니
가만 보고만 있는 것도 도와주는 것잉게
저쪽 돌막 옆댕이 서 있기나 허랑게
쪽창에 핀잔기침 한 마디 찍는다
냉갈 든 방 숨소리 나직하다

연대기

강물이 무명의 종이처럼
버드나무 가지 매달린 헝겊처럼
칼 빛으로 출렁거린다

지난겨울에는 물결 소리 견디지 못한 강물 다 얼어
붙었다
며칠 전에는 매바위 넘던 노을이 얼마나 힘들었는지
머릿수건 고이 풀어놓고 물살 건너갔다
산작약은 또 무슨 억울한 사정 있어 싸락비 불러내
어 이마 쿵쿵 찧고 있는가
봉분 옆으로 양단 마름이나 끊어다 입힌 듯 할미꽃
고개 끄덕인다

나는 아버지가 매어놓은 뱃머리 마을 살면서
달빛이며 꿩이며 풀잎의 서러운 얘기 다 들어주었다
오늘 밤에는 강물이 남은 신세 다 털어놓는 듯 너울
너울 흘러간다

혼자 사는 즐거움

1

어제는 말 한마디 하지 않고 계곡 물소리 들으며 한나
절 보냈네

사람이 사람 피해 산다는 것은 얼마나 즐거운 일인가

구렁에서 내려온 침엽의 바람이 말 건넸네만 적막 소
리 듣기 좋아 바라만 보고 있었네

혼자 사는 즐거움에 밥 먹는 것도 잊고 이틀 굶었네

처마 끝 매달아 놓아 꾸덕꾸덕해진 고등어 한 손 잡아

말린 고사리랑 넣고 화롯불 올려놓으려다 문밖 나섰네

조금만 내려가면 진흙 살 천장 매달아놓고 끊어주는
굴바위집 있네

솜씨 좋은 노파가 겨우내 소금에 절여놓은 한숨 살인데

한 조각 베어 물면 지금 죽어도 여한이 없지

한 볼테기 끊어 장작불에 올려놓으려던 참인데 문 닫
았지 뭔가

상수리나무 타고 오른 칡뿌리 꺼내 구워 먹으며 사흘
견디고 있네만

입에서 별이 씹히고 달 비린내 올라와 호숫가 앉아
출렁거리고 있네

2

아래무팅이 들어서자 컴컴한 대문이 말을 걸고 싸늘
하게 식은 흙 마당이 말을 걸고 발목 끊은 장화가 말을
걸고 모퉁이 찌그러진 개밥그릇이 말을 걸고 자작자작
마른 불길 세운 장작이 말을 걸고 마늘밭에 켠 구절초
가 말을 걸고 매운 별 빻던 도굿대가 말을 걸고 댓돌 가
지런한 고무신이 말을 걸고 끙 하고 올라서는 대청이
말을 걸고 엄니 변소 다녀오셨나 손전등이 말을 걸고
보리차 끓이는 주전자가 말을 걸고 옆에서 꽈리부는 된
장찌개가 말을 걸고 한쪽 다리 짧은 대나무 소반이 말
을 걸고 대가리 잘라놓은 묵은지가 말을 걸고 입맛 잃
은 국자가 말을 걸고 누룽갱이 긁다 이빨 다 빠진 달챙
이 숟가락이 말을 걸고 오이 먹은 비누가 말을 걸고 기
대앉은 바람벽이 말을 걸고 칫칫칫칫 밥솥이 말을 걸고

주발에 핀 햅쌀버섯이 말을 건다

3

입 가리고 피는 새품 보러 호숫가 왔습니다

옆집 혼자 사는 은행잎이 돌계단 앉아 풍장인 듯 바람 풀어놓고 있습니다

소나무가 호수 건너려 반쯤 눈 감고 냇물 소리로 흔들리자

혼자 피는 꽃들이 달을 담은 호수의 마음인 듯 비탈산 품습니다

혼자 사는 즐거움은 얼마나 다정합니까 말하지 않은 말들은 또 얼마나 아름답습니까

흩날리는 외투 깃 바라보며 중얼거리는데

가늘고 긴 나룻배 허리께 긁으며 한마디 합니다

너무 멀리 떠내려왔어

붉은 포도밭

여기서부터 겨울이다

강물이 소용돌이치며 빛 그림 그리려 할 때
나는 귀 씻고 눈 비비며 산중마을 들어왔다

입김을 매운 연기처럼 뿜어내는 항톳길이
배추밭 지나 내가 묵을 처소까지 따라왔다
방 안은 온통 나비로 가득 차 있었는데
바람벽 흐르는 계곡물이 수런거림도 없이 흘렀다

하늘은 붉게 익어 포도밭 쪽으로 기울자
내가 따라 들어갈 수 없는 마을 붉나무에서 가늘고
긴 쇳소리 들린다
꿩도 고라니도 기러기도 뒤를 한참 돌아보다 빠르게
검은 쇳소리로 들어갔다

3부

우술 필담雨述 筆談 2018

I

점나무팅이

깨금 밭 닭재에는 그렇게나 툴툴거리던 신 씨네 합
장묘 할미꽃으로 눈 흘기고

정짓말 돌아서면 골짜기 내려온 앵초꽃이 개가改嫁
한 엄니 보러 점나무팅이 가고 싶어 입술만 붉어붉어

점나무팅이 '어느 곳의 모퉁이'를 지칭하는 충청도 방언으로 대전광역시 동
구 추동 가래울 마을에서 계족산 방향 끝에 위치한 모퉁이 이름.
깨금 '개암'의 충청, 전라 방언.

가래울

성당 다녀온 각시가 뭣혔냐 묻기에 넘이사 뭣 헌게
왜 궁금헌 것이냐 혔더니 여태껏 빨래혀주고 밥혀주
고 애까지 놓아 줬는디 넘이라니 아이고 분혀 분혀 그
러더니 오늘 크리스마슨디 뭣혔냐 또 묻기에 어둥이골
김 시인 허고 돼지껍데기 볶아 즘심 겸 소주 뒤병 마시
고 헤어졌다 혀니 아무소리 읎이 한참 들여다 보다 시
방은 뭣혀고 싶냔다 솔직히 말혀도 되냐 혀니 솔직히
말혀도 괜찮다 허여 날도 춥고 눈발까지 날리니 오디
콩밭에 나가 꿩이나 멫 마리 잡았으면 좋겄다 혀자 그렇
게 혀 그렇게 허서 이 화상아 그렇게 혀라구 들구 떠대
밀어 팽나무 아래까지 왔다 팽나무에는 길다란 쇠 종 매
달려 있어 뜻 헌 바 잘 되지 않는 날이면 이마빡 들이 받
아 보기도 혔던 것이서 오늘은 가래울 이 작은 마을에도
꿩 잡으러 가자 꿩 잡으러 가자 쇠 종은 울린다 웽뎅그
렁 울리는 것이다

가래울 삼국시대 백제의 우술군에 속한 지명으로 계족산 자락 동쪽에 위치하고 있다. 1914년 행정구역 통폐합에 따라 회덕군 동면의 관동 일부와 일도면의 마산상리 일부를 병합하여 추동리라는 이름으로 대전군 동면에 편입됐다. 이후 1935년 대전부 신설에 따라 대덕군에 편입됐으며 1995년 광역시로 승격함에 따라 대전광역시 동구 추동으로 명칭이 변경되었다. 추동은 윗마을인 상추, 가운데 마을인 중추, 아랫마을인 하추로 나뉘어져 있었으나 하추는 대청호 수몰로 완전히 사라졌다.

어둥이골 대전광역시 동구 사성동.

은골

　새뱅이 재주 세 번 넘어 젖소 목장 통나무 구유 앉아 목화 타던 날 나는 세상에 왔다 그래서 목화밭고랑 넘으며 걸음마 떼고 안산 상구머리 언덕 챙 없는 비바람 읽으며 술 담배 배우고 여자도 배우고 성깔도 배워 일생 다 늙어 은골 왔다 은골에는 개가改嫁한 할머니 은진 송씨가 낳은 한 씨네 내외 살아 명절에 인사차 들르면 머리 허연 늙은이가 아직도 되련님 오셨냐 고구마 통가리 옆에 용수 꽂아 놓고 맑은 술 내어준다 웃을 때 마다 입 꼬리 광대뼈에 닿는 내외랑 우리는 넘이 아니쥬 씨는 다르지면서두 피는 요맹큼 섞여 있을뀨 객쩍은 소리로 젓가락질 하다 보면 서쪽 하늘은 침침하니 눈보라 몰고 와 금세 외딴 집 한 채 묻고 가는 거였다

은골 대전광역시 동구 마산동에 위치한 마을 이름. 대청호 수몰되기 전 젖소 목장이 있을 정도로 커다란 마을이었으나 현재는 대부분 물에 잠기고 고지대에 위치한 몇 채의 집만 남아 민물고기매운탕과 민물새우탕 집을 운영하며 살아가고 있다.
새뱅이 몸길이 약 2.5cm 정도의 민물새우.

고용골

저 망초 꽃 좀 보아 예쁘기도 하지 꽃 개울에 담근 시
린 발목이라 부를까 뽀로통 돌아 앉아 먼 산 바라보는
앙다문 입술이라 부를까 곁에 강아지풀 감국 보려 모
가지 빼고 대청마루 새벽달로 흔들린다 흔들리는 것은
내 마음 같아서 댓잎 사각거리는 소리에도 신발 끄는
소린가 싶어 쪽창 부스럭대던 여인 생각인 것인데 걸
을 때 마다 먼지바람 일으키는 토망대 살다 신말미 지
나 고용골 머물며 이태 앓다 처서 즈음 등 진 것 알고 있
다 빗소리 강 씨네 안채 처마 귀 씻는 저녁 무렵 호수 길
오르다 낮은 봉분 뒤로하고 걸어오는 젊은이 있어 엄
니 안녕 하시냐 물으니 흘끔 바라보고 고개 숙여 지나
간다 물바람이 제법 차다

고용골 대전광역시 동구 주산동에 위치한 마을 이름으로 이곳에는 기괴한 바
위와 명문, 석축 등이 신성하고 신령스런 분위기를 자아내고 있다. 바위 곳
곳에 파여진 성혈의 존재는 외경심을 불러온다. 거석 신앙의 대표로 손꼽
히는 고인돌이나 선돌의 표면에 파여져 있는 구멍을 말하는 성혈은 '알바
위', '알터', '알구멍', '바위구멍'이라 부르기도 하는데 신선바위와 함께
신비함을 불러일으킨다. 또한 조선 명종 때의 학자 추파秋坡 송기수를 봉안
한 사당 상곡사가 있다.

흥징이

꽃 지는 것 보고 있자니 십 년은 늙어질 것 같다며 짜
구 전화하여 넘어오란다 텃밭에 비닐 씌워 묻어 둔 마
늘 싹 빼주고 논두렁길 지나 흥징이 들어섰더니 다리
밑에 솥단지 걸어 놓고 재순이 동생 재식이가 모가지
비틀어 왔다는 산닭 삶고 있다 재식이가 아는 척 하며
막대기로 가마솥 뒤적거리자 둔덕 너머 매화가 산달인
듯 한껏 부풀어 입김 불어 넣는다 처음 보는 아줌니 서
넛이 돗자리 앉아 여기 앉으라 손짓하여 멋쩍어하며
웅뎅이 들이 밀었더니 야 너 근상이지 오랜만이다야
나여 나 몰라 방축골 살던 경자 얘는 찬샘백이 미선이
그리고 얘얘 성미 동구나무집 이화하는데 걸쭉하니 도
갓집 곰소 아줌니 닮아 혹시 예배당 근녀에서 도갓집
안 허셨슈 묻자 야 그니는 울 엄니구 울 엄니 돌아가신
지 언젠디 아직두 기억허고 있는겨 소주 붓는데 손등
어리가 두툼한게 소두방만 하다 어째 늙어 갈수록 죄
다 늬 엄니덜 빼다 박냐 둘러 앉아 양칭이 선화 안부 묻
다 엥깃말 악동 창중이 새끼 욕하다 공책에 꾹꾹 눌러

쓰던 삐뚤삐뚤한 글자들이 모양대로 입술 건너와 삐뚤
삐뚤해질 무렵 분홍색 원피스 즐겨 입던 이화가 머릿
결 쓸어 올리며 많이 늙었지 몰라보겠지 두러 눕는데
꽃가마인 양 살구꽃이 가슴에 봉긋 내려앉는다

흥정이 대전광역시 동구 신상동에 위치한 마을 이름.
웅뎅이 '엉덩이'의 충청, 전라 방언.
방죽골 대전광역시 동구 신촌동.
찬샘낵이 대전광역시 동구 직동.
성미 대전광역시 동구 용계리.
곰소 전라북도 부안군 진서면 곰소리.
옝깃말 대전광역시 동구 용계리.

봄밤

신말미 사는 폭설이 할 말 다하고 조막덩어리만 한 박태기 녀석 데리고 와 니 아들이여 이제부터 니가 키 워 휑하니 돌아가 영영 오지 않는 밤이다

업어 키우고 안아 키우고 도닥도닥 두드려 키워 학 교 보낼 때쯤 이느므 새끼 학비라도 벌어야지 모아둔 청매 헐어 천도복숭아꽃 한 근 끊어다 굽는 밤이다

불콰하니 취해 무너진 담장 데리고 나와 허리띠 풀 어 장개울까지 가는 오줌발 바라보며 늬 엄니 친정 가 설랑은 안 올랑갑다 안 올랑갑다 앵두꽃도 서러워 보 름달 짤랑대는 봄밤이다

신말미 대전광역시 동구 추동 가래울에서 천개동 방향에 위치한 들판 이름.
장개울 대전광역시 동구 세천동.

천지간

　각시는 저녁상 보고 아이는 숟가락 젓가락 짝 맞추
는 틈타 언능 씻고 나와야지 샤워 허는디 뒤꿈치 굳은
살 성가시려 잡어 뜯다 물 받아놓고 불키는디 다 불킬
랴면 시간 좀 걸리겠다 휴대전화 만지작거리고 있는
것인디 각시 문 열더니 헛기침도 읎이 삐죽 열더니 아
휴 밥 먹으라니께 뭣허는 굿이여 그러더니 아들아 늬
아부지 닮지 마라 장개가서 늬 아부지 따라 허면 쬧겨
난다 밥도 못 은어 먹고 오늘 같은 날 역전 대합실 구석
쟁이 신문지 깔아놓구 자야 헌다 큰 소리 들리길래 언
능 튀어 나와 모가지 수건 걸치고 밥 뜨는 중이다 메루
치볶음에 들깨랑 호두랑 아몬드랑 늫구 많이 듯씨요
허는 이는 천지간 당신 밖에 읎을 굿이요 허자 시끄럽
소 언능 들기나 하씨요 천지간 뭔지나 알고 천지간 천
지간 그라는 굿씨요 들숨과 날숨 사이 개 이빨 똥 끼듯
낑겨 있는 굿이 천지간이다 그 말이요 긍게 들숨 셔놓
고 날숨 안 된다며 여럿 고생시키지 말고 밥 채려 났을
때 호따고니 달겨들어 숟가락 들라 그 말이요 천지간
한 숟가락만 더 뜨면 된다

독골

고욤 떨어지는 소리가 툇마루에 슬며시 가을 한 됫
박 밀어 놓고 가는 밤이네

이슥토록 잠 이루지 못해 뒤척이다 마침 노랗게 익
은 보름달 중천 매달려 있어 토실토실 발라먹고 있네
남은 사람은 어떻게든 살아 철써기는 윗목에 저녁상
밀어 놓고 가을 따라 부르며 흥얼거리네

청무우 허리 반쯤 올린 밭 뚝 앉아 새벽 기다리던 거
미도 기둥에 바짝 붙어 촘촘하니 그물 잣고 있는데 무
서리 같던 독골 영생이는 무슨 영화 보겠다고 혼자 홀
쩍 가버렸는가

병풍바위 쪽으로 혼백魂魄인 듯 풍뎅이만 한 불빛 빗
금을 긋네

독골 대전광역시 동구 신촌동에 위치한 마을 이름.

철써기 여칫과에 속하는 곤충 이름. 몸길이 5~7cm 정도이며, 몸빛은 녹색 또
  는 갈색이다. 초가을에 나오며 '철썩철썩' 하며 운다. 우리나라, 일본, 대만
  등에 분포한다.

비름들

오늘 저녁에는 개 한 마리 내려서 흰 개가 장독대 올라올 수 없게 내려서 두고 온 강아지들 빈 들녘까지 달려와 뒹굴뒹굴 내려서 얼어붙은 도랑에 언덕에 쩍쩍 미루나무 가지에 내려서 밥 짓는 아낙 쌀 씻는 사이 혼자 깨어 우는 어린애가 내려서 동짓날 바람벽이고 변소간이고 외양간이고 철퍼덕 철퍼덕 쏟아 붓던 팥죽처럼 내려서 친정 온 누님이랑 손잡고 밤새 소곤거리다 무너진 엄니 가슴팍처럼 내려서 밖에 누가 왔나 컹컹 개 짓는 소리까지 내려서 이 밤 비름들 건너와 추녀 밑에 몸 부르르 터는 아버지가 내려서

비름들 대전광역시 동구 비룡동의 옛 이름.
변소간便所間 대소변을 보도록 만들어놓은 곳. 충청, 전라 방언.

절골

　한동안 소식 끊긴 이혼헌 시인 지망생 아줌니가 요
사채 은어 살며 신춘문예 준비헌다기에 수녀원 출신
소설가 지망생 아가씨랑 돼지고기 둬 근 끊고 상추랑
깻잎이랑 한 봉다리 씩 사고 청양 고추도 한 묶음 두부
도 한 모 들고 서리 맞어 축 늘어진 배추밭 지나 고춧대
서 있는 절골 들어섰더니 이 아줌니 해 뉘엿뉘엿 지는
디 사람 온 줄도 모르고 벌써 한밤중이다 문지방에 댓
병 소주 올려놓고 김치 그릇에 대나무 젓가락은 꽂아
놓고 파리가 새까맣게 달라붙어 윙윙거리기에 으험 으
험 헛기침 허니 깜짝 놀라 일어나 첫 마디가 우리 신랑
은 이런다 하두 한심허여 혀 끌끌 차다 아니 그렇게 보
고 싶은 신랑이랑 헤어져 어떻게 사느냐 물으니 아 꿈
이었네 그러더니 오늘이 토요일이냔다 절 들어와 요일
도 모르고 공양드리는 것이냐 했더니 요일이랑은 아무
상관없는 절간이라 이제 다 잊아 뿌렀다 잊아 뿌렀다
하품 늘어 진다

절골 대전광역시 동구 신하동에 위치한 마을 이름.

파고티

　매화 졌으니 버드나무는 늘어져 호수에 머리카락 적시고 있으니 할 말 많은 새들도 낮게 날아가며 물위에 깃을 치고 있으니 나는 이제 장마나 져라

　말라붙은 도랑은 밭고랑 푸석푸석 늙어 가는 흙덩어리는 뜰팡 지나가는 뿔개미 행렬은 먼지 뒤집어쓰고 빗소리 짓고 있으니 고추밭에도 이제 장마나 져라

　저녁 먹고 난닝구 바람으로 나와 부채질이던 당숙도 고구마 줄거리 내다 팔고 고샅 돌아서던 봉순이 아줌니도 부다다당 오토바이 타던 동출이 형도 가고 없으니 이제 파고티에는 장마나 져라 옛 애인들 울고 떠난 눈물만큼만 져라

파고티 대전광역시 동구 추동 가래울 마을에 있는 언덕으로 폭우 내리면 골짜기 타고 내려오는 물이 높은 물결을 이뤘다 하여 붙여진 이름.
뿔개미 불개미.

느래

　봄비가 내려서 소식 없던 딸네 온다는 기별 듣고 손
님맞이 나왔는데 촉촉하니 느래 강변 어슬렁거리는데
천개동 넘어온 바람 훈훈하여 빗방울 몸에 감고도 먼
길 다녀오느라 욕봤다 손 꼭 붙들어 호호 불어 넣는 엄
니 입김 같아서 북방에서는 사람 보낸 모양이다 중절
모 쓴 노신사랑 젊은 아가씨랑 큰 주머니 차고 느래 건
너지 못해 아쉬워하다 먼발치에서 아이들 먼저 비집고
올라온 국수뎅이 같이 연지도 살짝 바른 싱아 입술같
이 수줍어하다 더 위 쪽 마을로 건너간 모양이다

느래 대전광역시 동구 비룡동에 위치한 마을 이름.
천개동 대전광역시 동구 효평동에 위치한 마을 이름이며 한국전쟁 이후 북측
　실향민 집단 거주지.
국수뎅이 봄이 왔음을 가장 먼저 알리는 들풀로 벼룩이자리라 불림. 흙이 있
　는 곳이면 어느 곳이든 잘 자라는 나물로 주로 된장국 재료로 쓰인다.
싱아 다년생 초본으로 근경이나 종자로 번식한다. 전국적으로 분포하며 산이
　나 들에서 자란다.

긴속골

자작자작 나무 타는 소리밖에 들리지 않는 산중마을
이다

협곡 내려온 바람은
성난 짐승처럼 달려들어 밥 짓는 아낙 머릿수건 빼
앗아 달아나고
참다못한 처마 끝 고드름이 밤새껏 어루만지다 기어
이 내려놓은 엄니 한숨인 듯 철퍼덕 떨어진다

긴속골 싫었던 나는 눈길 더듬어 절고개 아래 상엿
집 숨어 있었다
빠르게 지나는 바람 소리와 무엇인가 부스럭거리는
소리 콩닥거리다
아버지 손에 끌려 마당 들어선 날
먹감나무 밑동 감아 돌며 컹컹컹 뛰어 오르던 마른
잎도 그러하였다

먼데서 손님이 왔나

늦은 밤까지 불빛 환하고 가끔 문풍지 우는 소리

긴속골 대전광역시 동구 추동 상추에 위치한 지명.
절고개 대전광역시 동구 효평동.

바람벽 독서

병아리들도 정짓문 앞에
공부하느라 삐약 거리고 있었네
염소는 저 넓은 들판 다 읽고
제 집으로 돌아가는 중이었네
강아지는 숙제 다 했는지 어슬렁거리며
낯선 사람이 와도 짖지 않았네
책 한 권 없이 절구통만 덩그러니 놓인
빈집 지키던 나는
이제 막 한글 떼고 글자라고 생긴 것은
무엇이고 읽고 싶었네
마루에 앉아 딸기밭 가신 엄니 기다리며 다리나 까
불다
마루 기둥 잡고 덮걸이 안다리질이었던 것인데
엊그제 바른 안방 도배 벽지 삐져나온 글자들이
그렇게 반가울 수 없었네
나는 바람벽 바짝 붙어 앉아
한 글자 한 글자 떼어먹기 시작하였네

손가락 침 묻혀가며 떼어먹는 재미는
읽은 책 또 읽으며 되새김질인 염소 비할 바 아니었네
바람벽에는 아톰 있었고 새농민 있었고
어깨동무 있었고 섬마을 선생 있었네
나는 하루 종일 키 닿지 않는 곳만큼
바람벽 독서 열중이었는데
방바닥에는 먹다 흘린 글자들이
병아리가 쪼던 쌀눈처럼 하얗게 쌓였네
밭에서 돌아오신 엄니 깜짝 놀라 종아리 치셨네
내 독서는 침 묻혀가며 떼어낸
바람벽 도배 벽지에서 시작되었네

II

우수 무렵

추위 물러가지 않은 것이어서 문 밖 나서지 않았더니 친구들 여럿 찾아와 문 두드리는 거다 담장 넘겨다보며 근상아 근상아 앵칭이 앵두 년이랑 자두 년 보러 가자 악다구니여도 못 들은 척 꼼짝 않고 있으니 진눈깨비 보낸 거다 우박 덩어리 보내 종주먹질인 거다

죽말

대나무 숲에 버려두고 따끈한 방 들어가는 겨울바람
한 올 한 올 모아 여름 뒤란에 풀어 쓸 요량으로 죽말 초
상집 들러 문상하고 걸어오는디 명년 여름 덥겄다 비
한 방울 없이 덥겄다 겨울답지 않은 예쁜 개울가 쪼그
리고 앉아 숨 고르며 손부채질인 것인디 머리에 김 오
른다 개울 물소리 어린애 보채듯 고욤나무 가지 넘는
다 대설에 죽은 이는 복도 많은 게야 복 없으면 어떻게
고리산 자락 가득하게 노루를 쳐 철퍼덕 순두부 같은
흰 노루 손수레 가득 싣고 골목에 요령을 쳐 평생 두부
만 내다 팔며 무릎을 쳐 망자는 손가락 다 헤질 때 까지
골목 벗어난 적 없었다지 참 길고 지루한 일인 줄도 몰
랐다지

죽말 대전광역시 동구 추동 상추의 옛 이름.

쓴뱅이들

청보릿대 바람에 흔들리는데 다투어 핀 꽃들 교태
부리다 친정 갈 생각으로 처마 한 바퀴 돌더니 안 되겠
는지 마루 떠다 놓은 물그릇에 내려앉는다

후 불고 한 모금 마시려 입술 내미니 어느새 혀끝 달
라붙은 천도복숭아 꽃이며 살구꽃이며 자두 꽃이 파르
르 떤다

물 그릇 내려놓고 먼 들판 바라보자 또 연두는 수줍게
치마 올렸다 내렸다하며 깔깔거리다 불미나리 밭 들어
가 머위니 수리취니 참나물 데리고 나와 즤 엄니랑 모퉁
이 길 앉아 손짓이다

쓴뱅이들 신작로 두 번째 집에는 일흔 여섯 며느리
가 죽어야는디 죽어야는디 아무리 죽지 않는 아흔 여
덟 시어머니 모시고 도리뱅뱅 굽는 재미로 산다

늘골

동구나무는 예나 지금이나 잎 키우고 팔랑거리고 그러거나 말거나 조용조용 거두어들이는 늘골 왔다

여기가 빠꾸네 집이었는디 저 쪽 논배미 중간 쯤 둠벙 있었고 그 옆이 상엿집이었던가 빙 둘러선 버드나무가 머릿결 쓸어 올리며 아는 척이다

골목 오르며 희만이 살던 양철 지붕 집 담장 넘어다 보고 꽃밭이 휑한 순행이네 장광도 찌웃거려 보는디 흑징이 짊어지고 내려오는 사람 있어 바라보니 빠꾸 아버지다 가래울 사는 빠꾸 친구라며 인사드리자 니가 여기 오짠 일여 나여 빠꾸여 지게 내려놓으며 말끝마다 쿵쿵거리는 게 천상 즤 아버지다

다 늙은 호두나무 얘기하다 이제 일어나야지 응뎅이 터는데 아쉽다는 듯 소나기 내린다 이빨은 새까맣고 광대뼈는 움푹 꺼져 서리태 하나 넣을 수 없는 논두렁

길에 십 년은 더 늙어 뵈는 아우가 밭에서 돌아오는 길
이라며 새벽 산 내려온 짐승처럼 몸 부르르 턴다

늘골 대전광역시 동구 비룡동에 위치한 마을 이름.

생강나무 남편

시루봉 오르는데 생강나무가 나한테 뭐라고 뭐라고
하는 거였다 나도 오르다 말고 비스듬히 서서 뭐라고
뭐라고 했던 것인데 뒤 따라 오르던 각시가 저니 뭐랴
누렇게 떠갖고 뭐라 그러 길래 그렇게 중얼거린댜 날
도 좋은디 니려오다 간재미 무침에 막걸리 한잔 허구
가랴 그러자 각시도 나한테 뭐라고 뭐라고 하는 것 같
은데 하나도 알아들을 수 없었다 이럴 때 나는 생강나
무 남편 같아서 각시는 얼른 내려 보내고 비탈 길 허름
한 집 한 채 얻어 살며 몇 날이고 피고 지고 싶은 거였다

시루봉 대전광역시 중구 문화동 산 18-1에 위치한 보문산의 한 봉우리.

잔개울

　유원지 입구 파란 양철대문 집에는 쪼그라질 대로
쪼그라진 맨드라미 산다 허리는 굽어 개다리소반 하
나 들이려 해도 보리숭늉 다 식을 때까지 두드려야 간
신히 반쯤 펴진다 오늘은 도깨비시장 들렀다 병원 다
녀와야 한다며 통깨 한 되랑 서리태 조금 짊어지고 버
스정류장까지 걸어가시는디 소슬바람에도 휘청 소지
장 말아 놓은 듯하다 장난 끼 발동하여 모른 척 서리태
불끈 안아 내리며 할머니 어디 가세유 딸네 집 손주 보
러 가세유 좋으시겠다 좋으시겠다 그러면 이눔아 손주
라두 있으면 좋겠다 웃으시는디 아직 입술 화장만큼
은 잊지 않으시어 붉은 입술이 눈꼬리에 닿는다 잔개
울 유원지 입구 파란 양철대문 집 가면 양공주 출신 맨
드라미가 식장산 들어가 아직도 내려오지 않는 조오지
기다리며 붉게 익는다

잔개울 대전광역시 동구 세천동의 옛 이름.
양공주 식장산 정상 미군부대 통신 시설에 주둔하던 주한 미군을 상대로 성
　매매했던 여성들을 말하며 정부가 외화 벌이를 위해 미군 위안부와 기지촌
　여성을 직접 관리했다는 사실이 확인된 통곡의 이름이다.

사월

　시인은 밭 갈러 가고 맨발로 빠대고 다니며 밭 갈다
보면 지렁이 꿈틀거리고 토실토실 봄볕도 꿈틀거리고
글쎄 손닿지 않는 등 쪽 긁어 달라는 시냇물 꿈틀거리
다 쪼롱 쪼르롱 하늘 날아오르며 밭 갈러 가고 밭이라
도 갈러 가고

사랑가

나 죽으먼 워떨 거 가텨

그런 소리 허지 마

워떨 거 같은지 얘기 혀 봐

워떠긴 내 안의 모든 것이 째져라 울어 제끼겄제

그려 그럼 날 겁나게 사랑하는 개벼

사랑은 뭐 미운 정네미 고운 정네미 죄 눌어붙어 있
어 그라겄제 곁에만 눌어붙어 있어 그라 간디 인자 뱃
속까지 눌어붙어 있어 그라겄제

그란디 오째 나헌티는 비아냥 거리는 소리루 들린댜
허긴 화신이년은 지 신랑헌티 물어봉께 단박에 저리
가 꼴도 뵈기 싫응께 그라더랴 그라기도 허겄제 삼십
오 년째 살고 있응께 돼지게 싫기도 허겄제 그래도 당
신 그렇게 말헝께 빈말이래두 싫지는 않네 그랴

잠 속으로 막 들어갈랴구 허는디 마지막 허지 말어
야 헐 말 뱉고야 말었으니

근디 말여 온 몸뗑이가 다 울어제껴두 그 흔헌 눈물
한 방울이 안 나올 거 가텨 큰일이랑께

머시여

부수골

담벼락 타고 올라간 댕댕이 덩굴이 아침부터 빗소리 몰아오는 집 사는 이가 이 마을 제일 어르신이다 내가 어릴 적부터 이미 연로하셔서 올 해 몇인지 혼인은 하셨는지 슬하에 자식 있는지 할머니인지 할아버지인지 알 필요도 없이 미신迷信처럼 살아 묵묵하다

지금껏 큰 병치레 않고 살아온 것은 순전히 저 양반 덕이라는 것 엄니는 이빨 다 빠져 늙어질 때까지 노심 초사해봐서 안다 아버지는 해마다 정월 보름이면 색동 옷 곱게 차려 입히고 풍장 치며 신명 돋워 잔 올리곤 하시는데 좋아라 하는 것은 호수에 깊게 차오른 달덩어리 뿐이다

얼마 전 타지에서 왔다는 벌목공이 손목 끊어 턱에 붙이는 시술 하려다 호되게 당해 병원으로 실려간적 있다 시한時限 내 추위 풀리지 않고 꽁꽁 얼어붙는 것은 그 때문이라며 동네 아주머니들 쉬쉬하였다

나도 아버지한테 배운 대로 집안 대소사 있을 때 어르신 찾아뵙고 문안드리곤 하는데 겨우 물 한 그릇 떠가는 게 전부다 요즘에는 혹시나 싶은지 품안에 벌을 들여 저녁 무렵이면 바람소리나 펀던 내리는 노을 바라보며 무료한 시간 보내기도 하신다 가끔 신간 시끄러운 사람들 찾아와 제祭 올리는 날이면 부수골에는 다음날 꼭 비가 내린다

부수골 대전광역시 대덕구 부수동의 옛 이름. 부수골은 서당골 남쪽에 있는 골짜기와 성치산에서 북쪽으로 흘러내리는 골짜기의 하나이다. 1980년 대청호 공사 완공으로 성치산만 남기고 동네 전체가 물에 잠겨 섬이 되었으며 수령 320년 된 느티나무가 있어 매 년 정월 대보름이면 거리제를 지낸다.

봄날은 간다

    퇴근 무렵이면 술 생각 간절한 것이어서 술 잘 마시는 김 시인과 술 값 잘 내는 권 시인에게 전화 넣는 것이 일상인 거였다

    시인들이라는 것이 구질구질한 내용 그럴듯한 언어로 그려내는 것 일가견 있는 사람들이라 그들 손 거쳐 나간 서사들은 암송하기 좋은 구절로 만들어져 사람들 입에 오르내리곤 하는 것인데 그들도 예외 아니어서 내뱉는 한 마디가 싯 구절이고 심오한 철학이었던 것이다

    벚꽃도 제 몸 부서져 날리는 것 아쉬운지 비를 대신하여 폭설인 듯 맘껏 쏟아지는 것인데 마음 한 편 붉은 노을로 접혀진 나는 술 생각 절로 나 전화통 잡고 이리 돌리고 저리 굴리다 급기야 만만한 김 시인에게 전화하니 별정 우체국 책상머리에서 소포나 헤아리다 막노동판으로 쫓겨 실타래 들고 뛰어 다니려니 온 삭신 뭉개지는 것 같아 쉬어야겠다 엄살이고 권 시인에게 전

화 넣었더니 식구랑 동학사 꽃놀이 선약 있어 얼른 집에 들어 가야한다는 것 아니겠는가 나는 꼬랑지 내린 사시나무처럼 벌벌벌 떨며 두부두루치기집 골목 돌아다니다 쓸쓸하니 집에 들어온 것인데

아빠가 이 시간 멀쩡허니 웬 일이슈 아 세상 재미없어 못살겠다 참뉘 아빠는 세상 재미루 사슈 시끄러 조고시 꼭 즤 엄마 같은 소리만 허구 있어 아이고 그 많던 친구 분들 다 어따 뗘 내빌구 꽃들이 난분분 정분분허는 날 혼자됐냐 그 말이유 오늘 같은 날은 친구분 덜이랑 쭈꾸미라도 볶아 놓구 한잔 허시야 되는거 아뉴 길근너 뒷 고기집 생겼다는디 즘 불러낼 친구 읎으면 지가 따라가 주규 그러까 헐 일 읎으면 가서 한잔 허덩가 얼래 시방 뜨개질 허는거 보구두 그러시네 지가 헐 일 읎어 아빠랑 술 마시러 가자는 거 아니구 따라가 준다 그 말 인디 꽁짜 읎는거 아시쥬 오마 넌짜리 한 장 주시면 생각해 보규

티격태격 오마 넌짜리로 넘어가는 싸구려 봄날인 것
이다

세챙이

골말 붙들이 아프다 하여 텃밭 들어가 오이 몇 개랑 조금 덜 익은 도마도 뒤 개 따들고 건너갔더니 추레하니 뜰팡 앉아 있다 몇 해 전 풍 맞아 아랫방 누워 있기만 하였는데 한낮인데도 방문 열면 컴컴한 베름빡만 보이곤 하였는데 사람 냄새가 이렇게 지독하기만 한 것이었는데 도마도 하나 씻어 들렸더니 누에가 뽕잎 갉듯 한다 여기까지 혼자 걸어 나왔느냐 물으니 흘러나온 침이 앞자락으로 길게 늘어진다 마루 걸레로 얼른 닦아 내고 까칠하게 자란 수염 바라보고 있었더니 웬 젊은 아낙이 부엌에서 나오며 누구세유 묻는다 오랜 동무 되는 사람이라며 바라보자 세챙이 살다 이번에 재혼한 작은 며느리란다 세챙이 살았으면 말대가리 아느냐 물으니 은씨네 아니냐며 웃는다 그러더니 들고 나온 바가지에서 꺼낸 물수건으로 얼굴 닦아 내고 부축하여 천천히 안방으로 들어간다 여기서 세챙이 가려면 버스 두 번 갈아타고 반나절은 더 걸어 들어가야 한다

동산고개

여기가 희석이네 집터 저기는 방앗간 집 큰 아들 학
호 장가도 못가고 늙어 자빠진 곳 하루 종일 느티나무
가 울음 털어내던 곳 마을 앞으로 조그만 개울 흘렀는
데 비만 내리면 키 큰 학호 엄니 우산도 없이 개울가 맴
돌며 비를 맞았지 동산고개 어린 것들은 뒤를 쫓으며
학호 동생 참꽃 무덤가에 꽃을 던지고 꽃을 던지고 학
호 엄니 엉엉 웃음만 흩날리며 다녔지 그 웃음 찰랑찰
랑 누런 달이 되었지

동산고개 대전광역시 동구 신하동에 위치한 마을 이름.

마들

　노을이 어린가지 뛰어 내리는 호숫가 마을인데요 아
이들이 운동장 앉아 풍금소리로 울고 있었죠 베름빡
매달린 시래기가 바람에 흔들리며 부르는 익숙한 소리
였죠 나비 날아왔던가요 어깨에 핀 흰 나비가 신발 가
지런히 모아 놓고 너울너울 뛰어 내리고 있었죠 저 나
비 따라가면 돌아오지 못한다 하였죠 내가 사랑한 여
인이 나비를 살아 다시 돌아오지 않는 마들 들어서는
데 한 쪽 눈 없는 낮달 떠 있었어라 횃대에 무명수건 걸
쳐 두고 엉엉 장독만 닦고 있었어라

마들 대전광역시 동구 효평동에 위치한 마을 이름.

사심이골

　내가 사심이골 들어섰을 때는 다 늦은 저녁이라서 보리밭 둔덕에 억새만 흔들리고 있더란 말시 한 뭉치 썩 끌어안고 있는 찔레덤불은 잔잔헌 호수에 제 몸 비추어 분칠을 허고 있더란 말시 스무 해 전 여그에 오두막이나 짓고 살았으면 좋겠다 싶어 앞집 늙은이 헌티 쌀가마나 주고 여남은 평 등기 내 났는디 여적 거그 살고 있는 버드나무가 양쪽 팔 늘어 뜨려 새뱅이를 잡고 있더란 말시 소매 자락에 바람만 스쳐도 새뱅이 한주먹 썩 털어 내는디 내 하도 신통허여 옆댕이 앉어 중태기라도 멫 마리 끌어 올리야지 싶어 억새 끝에 이제 막 올라온 달덩어리 꿰고 집어 늫다 빼고 집어 늫다 빼고 헐 때마다 한 마리 썩 올라오더란 말시 입술 다 벗겨져 고라니 울음소리 내는 그니 사촌은 이순자 붕어 한 마리 끌어 올리지 못허고 꾸벅꾸벅 졸고만 있더란 말시 하도 불쌍허여 바늘이나 갈아주야지 꾸부러진 팔 잡아 땡겨 보니 바늘이 녹슨 가락지 모냥을 허고 있더란 말시 그러니 뭐가 잽혀 무심허니 절뚝거리는 세월이나

잽히고 말겄제 물렁물렁헌 바늘 빼 내빌고 똑 틀니 닳
은 별자리 하나 묶어 줬더니 금방 중태기 한 마리 끌려
나오더란 말시 어찌나 실허던지 몸부림 한 번 칠 때마
다 집채만 헌 너울 밀려와 웃도리 다 적시고 가방은 오
디로 내뺏나 읎어 두리번거리다 호수 바라봉께 번 해
갖고 새벽 닭 홰를 치더란 말시 두 눈 껌뻑이매 가만 듣
고 있던 각시가 허이고 그짓말만 혀도 밥은 굶지 않겄
소 씨잘떼기 읎는 소리 고만 허시고 언능 들어가 잠이
나 자소 입 삐죽 내밀더니 앞으로 고꾸라질 듯 방구석
으로 들어가더라 그 말시 녜길헐녀러

사심이골 대전광역시 동구 마산동에 위치한 마을 이름.
이순자 붕어 몸길이 15~20cm 정도의 월남붕어 블루길을 말함. 갑각류나 수
　서식물, 작은 물고기, 물고기 알까지 무엇이든 가리지 않고 닥치는 대로 잡
　아먹기 때문에 일명 이순자 붕어라 부르는데, 이순자 씨가 영부인일 때 대
　청호에 블루길 수십만 마리를 방류해 붙인 별명이라는 설도 있다.
녜길헐녀러 못마땅하여 불쾌할 때 욕으로 하는 말이며 '제길할'의 충청 방언.

III

경칩驚蟄

　담장 넘어오는 어린애 울음소리 부엌 문테기 앉아
달강달강 어르는 소리 숟가락 달그락 거리는 소리 비
가 올랑가 비가 올랑가 마당 쓰는 소리

경칩驚蟄 만물이 겨울잠에서 깨어나는 시기로 24절기 중 세 번째 절기節氣. 계칩
　啓蟄이라고도 한다.
문테기 '문턱'의 충청 방언.

방축골

　뒷짐 지고 걷는 팔자걸음이 꼭 즤 할아버지라서 박옹翁이라 불리던 희용이 만나 방축골 들어왔다 방축골에는 규연이 명근이도 살아 댓 병 소주 들고 고리산까지 들어가 옻 순을 안주 삼은 일 있다 한 녀석은 신탄진에서 돌 공장하고 또 한 녀석은 수도원 들어간 뒤로 만나질 못했다고 하자 규연이는 엊그제 아버지 산소 상석 세우고 갔는데 명근이 소식은 통 모르겠단다 엄니는 정정 하시지 애들은 다 여웠냐 물으며 대문 들어서니 이게 누구여 깜짝 놀란 엄니가 두 손 꼭 잡아 점심 먹었냐 하신다 아직 먹지 못했다고 하자 칼국수 끓여 주신다며 반죽 치대 내 서러움까지 둥글게 둥글게 밀어내는데 방에서 아기 울음소리 들린다 손자 봤냐 물으니 여적 혼자 살다 작년 그끄러께 겨울 우즈베키스탄 여자 들였단다 연락이라도 하지 했더니 다 늙어 무슨 연락이냐며 각시가 두릅나무 순 좋아해 울타리를 아예 두릅나무로 둘렀다고 웃는데 돋아 오른 새순이 어린애 앞니처럼 환하다

방축골 대전광역시 동구 신촌동에 위치한 마을 이름.

고리산 충청북도 옥천군 군북면에 고리처럼 연결된 산 이름. 환산環山
　　(581.4m)이라 부름.

줄뫼

　살구나무집 옥천 댁은 올 해 여든넷인데 별명이 강
태공이다 몇 해 전까지만 해도 아랫집 사는 동갑네기
시누랑 논두렁 쪼그리고 앉아 쑥 뜯고 나싱개 캐고 뒷
산 돌며 도토리 줍는 게 일이었는데 낚시꾼 건져 올리
는 물고기 구경하다 부러진 낚싯대 하나 주워 이순자
붕어 손 맛 보고는 가사낭골 까지 걸어 낚시하는 재미
로 산다 가사낭골 앞에는 취수탑 있어 온갖 물고기 다
몰리는데 청원경찰이 상수도 보호구역이라 낚시 안 된
다며 아무리 말려도 막무가내다 며칠 전부터 대나무에
낚시 줄 묶어 시누도 함께 동행 하는데 청원경찰 작정
했는지 낚싯대 뺏고 쫓아내려 하자 이노옴 이 늙은이
가 물꾀기 잡으면 몇 마리 잡겠다고 그걸 뺏어 늬넘덜
이 이 늙은이 맴을 알어 할아버지 일쩍 보내구 애덜두
다 대처루 떠나 아무두 읎는 방구석 처백혀 하루 죙일
둔눠 있어봐 안 아프던디두 들구 아프구 천근만근 몸
떵이 여기저기 군시럽지 않은디 읎구 벨늠의 생각 다
들어 이눔덜아 호통 치신다

줄뫼 대전광역시 동구 주산동에 위치한 마을 이름.
나싱개 '냉이'의 충청, 전라 방언.

방아실

봄볕이 젖은 숯으로 그물 던지다 송어 떼로 돌아간 날이었어요 아직 겨울 남아 있어 호수는 가지고 다니던 부엌칼로 출렁거리다 회치듯 방아실 물결 뜨고 있었는데요 아무리 둘러보아도 지느러미 한 쌍 보이지 않아 노櫓 삼아 싣고 다니던 대나무 장대로 하루 종일 뒤적거려 간신히 건져 올린 물빛은 구름 한 점 없이 반짝이고 있었어요 입술은 메기나 빠가사리 처럼 하고 싶은 말 다 거두어들이고 살얼음 문 듯 편안해 보이는 것이 어찌나 곱던지 이모가 시집 올 때 가져와 올려놓았다는 노을무늬 화병 같았어요 이모는 추운 줄도 모르고 맨발에 자지러지며 느 이모부 평생 물려준 게 병뿐이라 죄데리고 갔으니 원 풀었다 하시지만요 언제 그랬느냐는 듯 돌무덤 하루나 꽃은 또 다투어 피겠지요

방아실 충청북도 옥천군 군북면 대정리에 위치한 마을 이름.

애미고개

경만이는 남은 한마디 더 있다며
고샅 돌아 애미고개 넘어가고 말았지
함께 넘으려 따라 나섰다
고개 넘으면 다시 돌아오지 못한다 하여
이랑이랑 출렁이는 보릿대궁만 바라보다 왔지
노을도 슬퍼하지 못하고 달아올랐지
먼지바람 날리며 달아올랐지
달아올랐지

사러리

출렁거리는 강 물결 바라보니 내가 꽃다운 각시 맞이하여 시작한 물결이네 아비는 늙고 엄니는 병 깊어 어디로 가야할지 몰라 쪽배 맴돌며 울렁거리던 발자국 소리네

나는 저 쪽배 밀어 어디든 도망치고 싶었네 그럴 때마다 붙잡고 놓아 주지 않던 처량한 빗소리 야속하였네 아이는 생겨 꽃들이 저 물결 건너갈 무렵 내가 바람의 일로 사러리 둔덕 복숭아 잎으로 조용히 내려앉을 무렵 찔레꽃은 물결 소리 내며 흩날렸네 각시가 아무 말 없이 아이만 끌어안고 잘 내던 물결 소리 였네

이제는 너무 멀리 떠 내려와 돌아갈 수도 없는 빗소리 열어 내가 아비를 살고 각시는 엄니를 살아 강 물결 밤새 뒤척이다 더욱 두껍게 출렁거리네

사러리 대전광역시 동구 신하동에 위치한 마을 이름.

턱으로 말할 나이

전화통 잡으면 보통 두 시간 얘기하다
내일 엄마 보러 집에 올 거지 안부 묻고는
그랴 내일 보자 그런디 니 신랑 잘 해주냐
다시 시작하는 것인데

콧등 문지르고 미간 찌푸려 한 참 듣다
니 형부 아휴 그 영감탱이가 잘 해주긴 뭘 잘 해줘
다 포기했다 해주면 좋고 안 해주면 더 좋고
빤스 바람으로 텔레비전 보며 킥킥거리는 나를 바라
보다
아랫도리 향해 체육복 바지 집어 던지더니
턱 주억거려 얼른 입고 방으로 들어가라 손사래다

텔레비전 끄고 바지에 발 끼다 생각하거늘
먹을 때도 잘 때도 입을 때도 이제 턱으로 말할 나이
되었느니

한절

조선문 통째로 떼 내
비스듬히 세워 놓고

문살에 낀 봄볕이랑
흘리고 간 가을볕이랑
흩날리는 애인이랑
문종이 뜯어내고
빗자루로 탁탁 쳐

새 문종이 바르고
손잡이 근처 구절초 담으니
마른 문짝 향하여
물 한 모금 소리 내어 뿜으니

나는 한절 들판
육 씨네 종가宗家 되고
오도카니 서 있는 아낙
빚 많은 지아비 되고

대전광역시 동구 추동 상추 마을에 있는 지명.

시가 씌어지지 않는 밤

늦더위에 술 생각이 없오
술 생각 없으니 그리움도 오지 않소
피마자 이파리만 흔들려도 울컥거리며 피어오르던
처마 끝 수세미 꽃이 황달처럼 애처롭더니
이제 피는지 지는지도 모르겠고 그늘만 찾아다니오

입추 지났으니 더위 물러갈 것이오
새벽이면 이불 끌어당기는 손이 간사스럽기도 하여
자다 말고 일어났더니 대추나무 걸린 달덩어리가 월
식을 하오
월식 날에는 보길도 깨돌 밭에 앉아
어린애 이빨 가는 소리 나 듣고 있으면 좋은데
산 다랑이 깔막진 동네에도 생물 산다고
달도 없는 컴컴한 마루에 귀뚜라미가 우오
시가 씌어지지 않는 밤 별소릴 다 하며 우는
저 귀뚜라미도 그리운 것 하나 없는 듯하오

귀뚜라미 소리 들으며 새벽 보내고 나니
호수에 또 달이 차오르오
달을 두 번씩이나 보고 있어도 오지 않는
내 그리움 얼마나 사무치는지
물결마저 잔잔하게 출렁이며 슬피 우오

깔막진 '경사진'의 충청 방언.

녹사래골

아래께 채금이네 들렀더니 울타리 석류가 종고래기
만헌 씨알 매달고 벌겋게 벌어지고 있더먼 그랴 나는
치다만 봐도 입안에 침이 한가득 괴더먼 채금 엄니는
그걸 따서 앞자락에 뒤 번 문지르고 오찌나 맛나게 드
시던지 아줌니 안 시궈유 허니께 아이구 벨일이지 다
늙어 태기가 있나 요새 부쩍 신게 땡겨 자발시려 죽겄
네 오티게 한 볼테기 해볼텨 반으로 쪼개 건네는디 내
한 번 훑어보고 아이고 시궈 이걸 오티게 드신데유 개
나 줘유 한 발짝 물러섰더니 밥 맛 읎을 때 이만헌거 읎
웅께 먹어 둬 내가 요즘 뭘 먹어두 속이 그득헌게 개 트
름만 올라오고 니길거렸는디 이거 하나 입에 닿능그믄
그랴 뜰팡 걸어가시는디 벌레가 파먹은 아주까리 이파
리 같더먼 그랴 내가 보기에두 금방 주저앉을 서리 맞
은 호박잎 같어 그러지 마시구 오디 병원이래두 가보
세유 허고 돌아 온지 몇 일 됐다구 초상이랴 초상이 가
련허기두 허지 허긴 가련헌거루 따지면 채금이두 삐쪽
허니 즤 엄니 닮어 무슨 대꼬챙이 같텨 더 가련허지 암

만 녹사래골 돌아 나오는디 장수네 텃밭 쑥대가 몽우
리 매달고 한잔 더 하고 가라 한사코 허리통 잡고 늘어
진다

녹사래골 대전광역시 동구 비룡동에 위치한 마을 이름.
아래께 '접때'의 충청 방언.
시궈 '시다'의 충청, 경상, 강원 방언.

상감청자

　가을은 청잣빛으로 익어가는 것인데 입술 썰어 놓으면 한 접시 나오겠다 싶어 한 접시라는 별명으로 불리던 선생님께서는 고려 문화의 정수 상감청자에 관해 열변 토하고 계셨던 것이었습니다

　한창 먹성 깊을 나이라 이 시간 지나면 도시락 먹을 생각으로 군침 흘리고 있었던 것인데 수업 마치기 전 궁금한 것 있으면 질문하라기에 쭈뼛쭈뼛하다 저 그시기 불화는 절간 베름빡에 부처님 그려 붙인 그시고 청자도 사극 같은 거 보면 아줌니가 밥상머리에서 삿갓 쓴 주인공헌티 한잔 따뤄주는 술병인거 알겄는디요 상감청자가 뭐 대유

　에 상감청자란 말여 옛날에는 백성들이 임금을 왕이라 부르거나 상감이라 불렀거덩 상감도 밥 먹고 술은 마시야 헐긋 아녀 그렇게 밥 먹고 술 마실 때 얻다 먹긋냐 느 집이서두 밥 먹을 때 김치며 간장이며 고추장 언

다 퍼놓고 먹냐 그륵이다 퍼 놓고 먹지 느 집이서야 스뎅이나 사기그륵이다 밥푸고 국푸고 허겄지면서두 명색이 상감인디 백성 덜 먹는 그륵이다 퍼 놓고 먹을 수는 없었겄잖여 그렇게 상감님 국그륵 밥그륵으루 쓸랴구 특별히 제작헌 것이라 허여 상감청자다 그 말이여

말 떨어지기 무섭게 뒷자리 용진이 녀석 어찌나 킥킥대던지 얼굴 벌겋게 해가지고 그래서 우리 할머니 막 비벼드시는 그륵이라 허여 막사발이라구 허는 게 비쥬 이 그렇지 그렇지 출석부 들고 교무실 가시다 낌새 이상하셨는지 갑자기 돌아와 얌마 너 이리와봔마 근디 너 그거 왜 물어봤어 귀싸대기 얼마나 맞았는지 양쪽 입술 터지고 퍼렇게 멍든 얼굴보고 청자 상감운학문 매병 닮았다 허여 삼학년 내내 상감청자로 불려졌던 것이었습니다

호미고개

칼국수 한 그릇 먹고 나오는데 주인아줌니가 계산대 앞에 양말 쌓아 놓고 한 켤레 씩 가져가란다 웬 양말이냐 물으니 묻지 말고 맘에 드는 색깔로 골라 신고 다니란다 벌건 국물에 쑥갓 집어넣고 뒤적거린 얼큰이 칼국수 닮은 색깔 하나 골라 얼마냐 물으니 먹고 살기 힘든 세상 여기까지 오신 손님 드리는 선물이란다 칼국수 한 그릇 팔아 얼마 남는다고 칼국수만큼 비싼 양말 공짜로 주느냐 천원이라도 받으라며 거스름돈 건네자 극구 사양이다 거참 이상도 하시네 갸웃거리는데 다음 손님도 그 다음 손님도 맡겨 놓은 양말 찾아가듯 한 켤레 씩 들고 흡족한 표정이다 받은 선물은 주신 분 생각하여 함께 뜯어보며 기쁨 나누어야 배가 되는 법 양말 갈아 신는데 심부름하는 아줌니가 바라보다 그 양말 뜨뜻허쥬 호미고개 사는 아자씨가 놓고 간 슬픈 양말 이래유 돌아서는데 효끼 아저씨 여기까지 오셨나보다 구루마 배로 밀며 울고 넘는 호미고개 잘도 넘어 가더니 기어이 넘어 가셨나보다

청중날맹이

집안싸움 난 외가 가신 엄니 열하루 째라 얼큰해진 아부지 공부도 못허는 것 꿇어 앉혀 놓고 늬 엄니가 문제여 늬 오삼춘이 문제여 늬 이모덜이 문제여 문제여 방바닥 탁탁 두드리시다가 시부럴느므거 다 쌔려 부셔야 끄대 들어오지 오짠느므 집구석이 육이오 동란 끝난 지 온젠디 아직까지 난리여 난리가 밖으로 나가 살강 때려 부수고 장독 두드려 깨고 그래도 양이 안차는 지 내 이느므거 다 태워뿌리야 들어올껴 소죽 쑤려 끌어다 놓은 솔가루에 성냥 그으려 하시길래 아부지 아부지 그만허세유 지가 댕겨 오께유 가서 엄니 뫼시고 오께유 옥천 버스 타고 노란이 내려 부소무늬 들어가는디 홑겹에 쓰레빠 끌고 십리는 걸어 들어가는디 눈발 퍼붓고 발목까지 퍼붓고 시퍼래가지고 눈 쌓인 마당 들어서자 작은 이모 불 때다 말고 뛰어 나와 아이고 아야 엄니 찾으러 온겨 잉잉 오똑허면 좋아 엄니 큰 이모 따러 서울 갔는디 오똑해야 옳여 오똑허니 궁뎅이 멫 쌈 두둘기 주고설랑은 밥 먹고 니얼 가그라 니얼 핵

교 가야허는디요 집에 가봐야 헌당께요 지는 그만 갈
텡께 더 기시다 니려 가세유 돌아와 고개 수그리고 있
웅께 늬 엄니는 이느므 새끼 늬 엄니는 오라질느므 새
끼 가서 막걸리나 한주준자 받어와 이느므 새끼 봉창
이 손 집어 늫고 막걸리 받아오다 청중날맹이 앉어 주
준자 꼭다리 물고 멫 모금 삼켰더니 달짝지근헝게 쩍쩍
달러붙는디 한참 꼬라져 있는디 아부지 찾아와 도끼눈
뜨고 이느므 새끼 후라덜느므 새끼 업어 이느므 새끼
그래 늬 엄니는 뭐랴 왜 안온댜 업혀 가는디 갸갸갸 짖
어 대는 까마귀 사정 아부지는 아셨는가 물러

청중날맹이 대전광역시 동구 추동 가래울 마을에 위치한 언덕 이름.
날맹이 '봉우리'의 충청, 전라 방언.
노란이 충청북도 옥천군 군북면 이백리.

낙인

 간 밤 남의 여자에게 손등 물리고 밥상머리 앉아 왼
팔 괴 국 한 술 뜨려는데 물끄러미 바라보던 각시 눈에
뜨일 줄이야 하필 이빨자국 뜨일 줄이야 누구한테 물
렸냐 어떡하다 물린 것이냐 벌레 물려 가려워 깨문 자
국이다 얼버무려 넘어갈 오른 손등 깨물어 맞춰 보고
는 내 남정 밖에 나가 이렇게 쉬울 줄이야 물걸레 짜는
일보다 쉬울 줄이야

IV

곡우穀雨

얼마나 독한지 땅개라는 별명으로 살더니
아랫집 살며 밤낮으로 어지간히 괴롭히더니
가뭄 길어진 날 입원했다며 전화 왔습니다
지가 하지 못하고 아들 시켜 다 죽어가는 소리로 왔
습니다

즈 집 앞 지나려면 통행세 내야 한다고
오십년 전 뜯긴 오 원 꼭 받아내야지 올라간 것인데
호랭이 물어갈 년 아프지나 말던가
아이고 이눔시끼 난 이렇게 늙었는디 하나도 안 늙
었네

애기 듣던 젊은 여자 호호호 밖으로 나가니
작은 며느리랍니다
요새 이런 며느리 어디 있느냐 문틀 놓아둔
난蘭 잎에 말 건네자 금방 목이 멥니다
조금 더 살았으면 좋겠다고 빗소리로 훌쩍입니다

곡우穀雨 "봄비가 내려 백곡을 기름지게 한다."라는 뜻으로 24절기 중 6번째
　　절기에 속하며, 봄철에 존재하는 마지막 절기.

고무신

고리산 중턱 계곡 끼고 앉은 절집 있는데 거기 털신
만 고집하시는 비구니 산다

이제는 바짝 쪼그라 붙어 입술 주변이 자글자글하니
누른 밥 한 숟가락도 하루 종일 오물거리다 간신히 넘
기시곤 하는데 평생 퍼 주는 걸 좋아하시어 틈만 나면
산 다랑이 밭에 오그리고 앉아 호미질이다

지난여름 수육 삶아 절 집 도랑에서 소주랑 수박이랑
깨먹고 놀다 온 후 뵙지 못했는데 오늘은 가 볼 참이다
가서 따끈한 아랫목에 손 집어넣고 고구마나 쪄 먹다
눈치 봐 말려 놓은 취나물 머위 대 무말랭이 그리고 스
님 정수리 꼭 빼다 박은 돌배 한주먹 얻어 볼까 하는데
뭐라고 징징거려야 스님 감동하여 바리바리 싸주실까

슴벅거려 댓돌 가지런한 털신 바라보다 방에 아무도
안계슈 너스레 떨어보는 것이다

고무실 충청북도 옥천군 군북면 환평리의 옛 이름.

양구례

새들이 울타리 끼고 낮게 날아다니며 쥐 울음 흉내
잘 내는 저녁 무렵이다 군불 넣은 아궁이 앞에 자작나
무 숯불 끌어내 석쇠에 기름 바른 생 김 굽다 도톰하게
썰어 온 돼지 목살 굽다 소주도 한 잔 곁들이다 신춘문
예 떨어져 시무룩해 있는 이혼헌 시인 지망생 아줌니
도 불러 뒤란 묻어둔 시큼한 김장김치랑 쭉쭉 찢어 걸
치다 각시가 가져 온 찐 고구마랑 동치미 국물 떠먹다
아봐유 아줌니 신춘문예가 별거유 김수영이라는 시인
은 말유 등단은 시상에서 젤루 션찮은디루 허라구 했
슈 그렁께 우덜은 도전헌 것 만으루두 등단헌 걸루 칠
텡께 너무 상심 마시구 한 잔 허세유 허는디 아무 생각
없이 동치미 국물 떠 있는 무 쪼가리만 깨물다 심사위
원들 한 없이 원망스럽다는 듯 묻는 거였다 아자씨 그
란디 김수영이 누규

양구례 대전광역시 동구 직동에 위치한 마을 이름.

길치고개

가래울 들어가는 길은 꼬불꼬불하니 길치고개 하나
뿐이라서 오늘 밤에는 옛날처럼 눈이 내린다 소나무
가지가 쩍하고 갈라져 나는 고개 넘지 못하고 오골계
집 쪽방 하나 얻어 뒤척이는데 문틈 파고드는 동지 바
람이 하필 신혼이라서 문풍지 우는 소리 어찌나 교태
스러운지 지랄 난 몸뚱어리 달래느라 두러 누워 성냥
골로 귀 후비다 벌떡 일어나 머리 감다 그래도 안 되겠
다 싶어 베름빡에 버스 시간표 눌러 놓은 압핀 빼내 허
벅지 찌르며 뒤척이다 뒤척이다 각고 끝에 생각해 낸
것이 겨드랑이 터럭이나 하나 씩 뽑아 보자는 것인데
뽑을 때마다 어금니가 다 아픔서 찌끔찌끔하니 문풍지
우는 소리 잠잠해지고 나는 이제 길치고개 넘어가고
오두막집은 가까워 오고 꿈결에서나 가까워 오고

길치고개 대전광역시 동구 비례동에 위치한 고개 이름.

개운한 사랑

각시는 조금만 더부룩해도
끄억 끄억 나 좀 따 줘봐요
바짝 붙어 앉아 치대는 거였습니다
나는 텔레비전에서나 보던 명의처럼
아니 뭘 먹었길래 소화도 못 시키고 헛구역질이랴
어깨부터 두드려 쓸어내리며 손 주무르다
엄지손가락 실감아 바늘로 콕 찌르면
검붉게 흐르는 핏물 바라보다
쳇지 쳇지 거봐 체한 거 맞지
그려 그려 쳇구면 쳇어 장단 맞추어
덩달아 끄억거려 보듬어 주면
흡족해 하다 잠들고
새벽이면 언제 그랬느냐는 듯 일어나
도시락 싸고 와이셔츠 다리고
머리감고 출근 준비로 바쁜 거였습니다
사랑은 쳇기 같은 것이어서
어깨 두드려주고 팔 쓰다듬고
손 주물러줘야 개운해지나 봅니다

264

밤실

　영배 엄니는 남의 남정 곁에 술 따르다 지게 작대기로 맞아 죽을 뻔 했고 경식이 동생 경님이는 새벽열차 탔어라 영배 아버지 울화통 닦아내지 못하고 기어이 어부동 강 건넜을 때 살구꽃은 흩날렸어라 봄비 소리로 속살거리던 경님이도 영영 흩날렸어라

밤실 대전광역시 동구 신촌동에 위치한 마을 이름.

단풍

 내외 깃들어 사는 마루에 단풍 찾아왔네 쌀 씻는 각시 손등도 예외 아니어서 목덜미고 어깨고 허리가 온통 붉은빛으로 물들었네 딱히 할 말 있어 찾아온 단풍 아니지만 이 방에서 저 방으로 건널 때마다 날리는 이파리가 새 떼 뱉어 내듯 앓는 소리로 우수수 날렸네 한번은 겨우내 먹을 양식 구하려 산 다녀오다 단풍만 모여 산다는 수목원 들른 적 있네 걸음 한 발짝 떼기 힘든 단풍이 돌 의자에 앉아 웃음치료니 국악치료한다며 웃음인지 울음인지 분간할 수 없는 소리 내며 바람에 날리고 있었네 상심한 각시가 파먹은 자국 역력한 단풍 부축하여 어디서 오셨냐고 묻자 자작나무만 사는 마을 살다 여기까지 오게 되었다 하였네 모퉁이까지 걸으며 고욤나무 단풍 고단한 내력과 아무도 찾아오는 이 없어도 큰 아들 살다 간 불당골까지 꼭 다녀온다는 신나무 단풍 외로움에 대해 쓸쓸해지고 있는데 입술이 자줏빛으로 물든 나무가 단풍 한 잔하고 가라 손 끌었네 삐걱거리는 의자 앉아 편안하게 물들 수 있는 단풍에 대해 이야기 하다 책으로 돌아간 단풍 소식 듣고 기러기 지나간 길 나섰네 단풍을 가득 문 연못이 잠들지 못하고 뒤척이고 있었네

분꽃

우리 아덜
하나 밖에 읎는 우리 아덜
우리 아덜 보먼 나는
벌벌벌 떨어
밥두 안 넘어가 우리 아덜
오티게 킨 아덜인디
그렁그렁 울 엄니

친구

소파 누워 새로 구입한 휴대전화 만지작거리며
사진 찍어보고 인터넷 검색해보고 맛 집 알아보고
손쉬운 방법 찾아보다
눈두덩에 떨어뜨려 번갯불도 그려보는 것인데
일주일 지나도록 전화 한 통 없이
대출해준다는 문자뿐이네
고장인가 싶어 집 전화로 휴대전화 신호 보내보고
휴대전화로 집 전화 확인하다 말소리 잘 들리나
딸에게 신호 보내니 바쁘다 끊고
각시는 전화 한 통 없던 사람이 무슨 일이냐
전화 요금 많이 나오니 빨리 끊으라 하고
아들은 통화 중이어서
혼자 사는 정 여사에게 전화 넣었더니 신호 가네
심심하였는지 실없는 농담 다 받아주네
요즘 뭐하고 사느냐 물어보니
새로운 일 시작했다며 자신감 넘치네
호호호 웃음소리 들리네
전화 끊고 따뜻한 액정 만지작거리며

이만한 친구 또 어디 있을까 흡족해 하다

턱 쓰다듬어 보는 것이다

정유년 임인월 무진일 서
— 임우기 『네오 샤먼으로서의 작가』

.

아우야 나는 말여 전생에 호랑이였나 봐

울 엄니 살아생전 나를 앉혀놓고

속세에 머물지 못한 채 산속으로만 떠도는

호랑이가 태몽이었다는 것 보면

아마도 나는 먹이 찾아 칼을 타는 외로운 짐승이었

나 봐

그렇지 않고서야 어디 내가 이렇게 험하게 살 수 있

단 말여

항상 쫓기듯 살 수 있단 말이냐 그 말이여

여름이면 새우젓 냄새 코를 찌르는 삼성동 골목

천변 옆에 울 아부지는 제재소 운영하셨는디 말여

그 제재소 원목 창고가 내 유일한 독서 공간이었는

디 말여

나는 거기서 이용악을 배우고 백석을 배우고

판잣집에서 술 팔고 몸 파는 여자를 배우고

아 민주주의를 배우고 최루탄을 배웠는디 말여

서울이라 낯선 무림 곡간에서

맹수들 득시글거리며 제 살 파먹는 이 아수라판에서
반가부좌 한 채 탁자에 비스듬히 앉은 술 보살들
저 술 보살들 보시布施하며 살아온 날 꼬박 삼십 년인디
하루하루를 전쟁 치루듯 견디다 보니
나도 이제 늙었는지 뼈가 시리다
이렇게 비라도 내리고 우울이 발목처럼 찾아오면
여중학교 앞 쓸쓸한 골목길은 왜 질병처럼 떠오르는지
그 높던 고등학교를 담치기로 달려와 허겁지겁 먹던
두부두루치는 어찌나 훳훳하게 잡아끄는지 모르겠다
아우야 삼성동 천변도 복개 공사로 물소리마저 들리
지 않지만
큰 물 진 날 천변 넘어온 황톳물은 아가씨들 기거하던
거적 집과
행려병자들과 가슴 저미며 떠내려가던 어린 생명들
아른거려
언젠가 꼭 갚아야 할 빚으로 남아 있었는디 말여
어떻게 갚을까 어떻게 갚아야 하나 고민허다
써 내려간 만신萬神의 사설들인디 워뗘

갓점

친구랑 옥천 갔네 오는 길에 순댓집 들러 할머니가 손으로 꾹꾹 눌러 만든 막창 순대에 가을도 한잔 기울였네

전봇대 잡고 먼 산 바라보며 시원하게 오줌 갈겼네 오줌발이 자꾸 왼쪽으로 휘어지며 바짓단 적셨네 손으로 툭툭 털어 내는데 골목 걸어오는 구둣방 할아버지 만나 구두 밑창 갈고 각시 주려 꿩고기 한 마리 샀네 걸을 때 마다 구두 밑창에서 꿩꿩 우는 소리 들렸네 마루에 꿩하고 쓰러져 눕는데 각시는 뭔가 부족하다는 듯 바라보다 옥천 들렀으면 염소나 한 마리 잡아 오지 않고 꿩고기가 뭐냐 절구통 가득 핀잔이었네 몸에서 가랑잎 타는 냄새 새어 나와 취기 깊어지고 있었네

내일은 갓점 가야 하네 미루나무 보살 집에는 양 팔 잃고 입으로 먹을 치는 애인이 살고 있네 그 곳에는 붉은 비 내리고 강풍 분다 하였네 염소 꼬리만한 오늘 붙

잡고 이슥토록 가랑잎 읽고 있는데 밖에는 끌어안고
죽을 만큼 서러운 구절들이 우수수 날리고 있었네

갓점 대전광역시 동구 효평동에 위치한 마을 이름.

꾀병 부리다 들켜 창피 당하는 대목

걸핏허먼 아프다 골골골허니 보다 못헌 각시 한마디
허는디 코 한번 팽 풀고 한마디 허는 것인디

이보시오 장부가 으찌 맨날 아프다 그라시요 아직
그 나이면 찬물 뒤집어쓰고 소라도 때려잡을 나이거늘
으찌 그리 아프다 골골골이냐 그 말이요 조선 오백년
평균 수명이 임금 마흔 일곱 평민 쉰 대여섯 그라고 거
내시가 일흔이었다는디 당신 아직 살아있는 것 보면
임금은 아니고 쉰 대여섯도 넹겼으니 평면도 아닌디
그렇게 만날 골골골허여 으찌 일흔 넹기것소 남사시런
얘기지면서두 일흔 넹길랴면 당신도 그그 그 뭣이깽이
냐 그시기를 그시기 해봐야 허는거 아니냐 그 말이요

아니 이보시오 거 말두 안 되는 소리 허지 말구 따신
물이나 한 그륵 가져 오씨요 요즘 평균 나이가 여든인
디 그럼 그니 덜은 죄다 그시기를 그시기허여 그시기
허고 있단 말이요

돌아누워 수건이라두 싸맬 작정으루 앓는 소린디 얼굴 빤히 내려다보며 한 마디 허는 것이렸다

와요 꾀병부리는 긋 들통 나 창피해 그라요 개 꼴 땅속에서 삼년 묵은들 소 꼴 되는 긋 아니겄지먼서두 창피허먼 언능 일나 장태산이라두 댕겨오자 그 말이요 호따고니 일나씨요

_____

장태산 대전광역시 서구 장안동에 위치한 자연휴양림.

아름다운 날

내가 입고 있는 이 고동색 윗도리는 비정규직 아들이 아끼고 아낀 월급 쪼개 생일 선물로 사준 것이다 내가 이 추운 날 밖으로만 떠돌아도 한 끼 굶지 않는 아름다운 이유다

내가 입고 있는 이 푸른색 바지는 여름휴가 때 각시가 겨울옷은 여름에 사놔야 한다며 중앙시장 누비 집에서 간신히 이천 원 깎아 사준 것이다 내가 이 추운 날 밖으로만 떠돌아도 몸 따끈히 데울 수 있는 한 잔 술이 곁에 있는 아름다운 이유다

내가 입고 있는 이 베이지색 도꾸리는 하나 밖에 없는 딸네미가 가으내 백열등 아래 앉아 기러기 울음 한 올 한 올 엮어 선물로 준 것인데 아무리 취해 기억자를 걸어도 다른 곳 가지 않고 집으로 찾아가는 아름다운 이유다

겨우내 들고 다니던 촛불 아직 꺼지지 않고 문간 매
달아 놓은 지등紙燈처럼 반짝이는 이유는 내가 짊어진
아름다운 날 들 다 갚아야하기 때문인 것인데 늦봄 넘
어온 진달래꽃은 절경 이루며 비탈길 걷고 있구나 식
은 아궁이 노을도 붉게 타고 있구나

우술 필담雨述 筆談

계족산 들어가 우술 계곡으로 흐르려는 것인디 폭설
갇힌 천개동 황톳길로 얼어붙으려는 것인디 저 싸리
붓은 돼지 막 앞에 앉아 나를 끄적거리고 있었으니 온
종일 오물물거리다 한 글자 한 글자씩 뱉어내고 있었
으니

4부

———

만개 滿開

2016

I

문

아, 입 벌린 저 가난을
들락거려야 하리
다 빼앗긴 대궁은 뼈를 갈아
여울 내고 구름 세워도
참 쉽게 허물어져 흔들리는 문
나는 또 일어나 가야 하리

여울 강이나 바다에서 바닥이 얕거나 폭이 좁아 물살이 빠르게 흐르는 곳.

별을 빌어

마음 먼저 돌아눕는 저녁이네
설움은 별을 빌어
가느다란 눈으로 반짝이네
말 잊은 엄니 서글픈 눈시울로 붉어지네

작은아버지는 왜 평생 얼음장만 짊어지고 사셨을까

집에서 나가라는 말처럼 차가운 저녁은
강물소리로 밀려오네
백열등은 흔들림도 없이
돌아누운 마음자리에 아니아니
도리질이네

엄니 '어머니'의 충청, 전라, 경상 방언.

동담치東譚峙

　처음은 검은색이었는데
　강물 거슬러 오르는 꺽지 보내 비늘빛 그려 넣었다

　여름 이겨낸 바람이 곧게 가지 세우고 소나무처럼
잠깐 서있다 고샅으로 사라졌다 미루나무가 서쪽으로
휘어진 까닭은 새 떼가 노을 몰고 우르르 내려앉았기
때문이라 했다

　벌겋게 익은 강이 김 모락모락 피워 올려 가을 다 흘
러가 버렸다 쪽창 열고 동담치東譚峙 헤집어 보라 일러
두었다 밤새껏 머뭇거리다 돌아갈 길 묻던 등 굽은 노
인이 큰기침 몇 번 하자 수런거리던 이파리들이 뒤뜰
에 조용히 내려앉았다

────────

동담치東譚峙 대전광역시 동구 효평동에 있는 언덕 이름.
꺽지 검정우럭목 쏘가리과의 어류.

이끼

핏골 할머니 누워 계신 골짜기는 온종일 응달이다

목사공파 24세손 낳고 세 살 되던 해 우무텅이 한 씨
네 장손한테 개가하여
　여섯 남매 더 두고 땅만 보다 가셨다

한식도 되어 무너진 담장 새로 치고
　마당 한 바퀴 둘러보다 쏟아놓은 할머니 얼룩 궁금한
것인데
　주춧돌에 낀 이끼가 다닥다닥하니 일가一家 이루었다

저것도 다 내 식구려니 물이나 흠뻑 주고 뒷짐 지니
　한 씨네 소식 궁금한 것이 자꾸 헛기침 나온다
　다들 안녕하신가

핏골 대전광역시 동구 효평동에 위치한 마을 이름.

만개

꽃놀이 갔던 아내가
한아름 꽃바구니 들고
흐드러집니다

선생님한테 시집간
선숙이 년이
우리 애들은 안 입는 옷이라고
송이송이 싸준 원피스며 도꾸리
방안 가득 펼쳐놓았습니다

엄마도 아빠도 없이
온종일 살구꽃으로 흩날린
곤한 잠 깨워
하나하나 입혀보면서

아이 예뻐라
아이 예뻐라

쉰일곱이로되

긍게 말시 내가 이 집 츰으루 발 딜여놨을 때 느 아부지 돌 지나 아부지 잃고 시 살에 엄니 개가 허여 열여덟 될 때까지 넘으 집으루만 떠돌다 거적때기로 가린 변소간에서 나오고 있더란 말시 온 세상 잡초는 여 손바닥만 헌 마당이다 짐 풀었는지 죄 얼크러져 구신鬼神이 놀다간 자리 같더란 말시 그때 내 나이 스물잉게 뭘 알어 뱀 나올까 무서워 뒤도 안돌아 보고 줄행랑 쳤더니 느 양할머니 우리 집 행랑채에 먹고 자며 통사정허여 다시 들어 같는디 말시 울타리에 먼느므 대나무가 그케 가지런히 자랐던지 시방 생각해 봉게 그것두 다 느 아부지 먹을 게 읎어 죽순 따느라 싸대고 댕겨 만든 샛길이었다 말시 그래서 헐 수 읎이 부엌 들어가 부뚜막 치우고, 무쇠솥 닦고, 물 한퍼니기 길어다 보리쌀 씻고, 텃밭 뒤져 머윗잎 뜯고, 상추 따고, 애호박 볶아 상 들였더니 메칠 굶었는지 먹어보란 말두 읎이 밥 두 그릇 뚝딱 해치우더란 말시 서운키는 허더러면 설거지허고 구정물 쏟고 소여물 주고 낭게 그날이 하필 보름이더라

말시 앞산 달덩이는 어찌나 밝고 마당에 망초꽃은 은
하수 뿌려놓거 마냥 원 없이 출렁거려 게옥질이 다 나
더란 말시 그래두 오쩌것냐 머리두 안 올린 츠녀가 총
각 혼자 사는 집이서 밤 새우능 거또 거시기 혀 가시낭
골 넘어갈랴구 머리 만지구 옷 추스르는디 느 아부지
안절부절못허고 마당만 왔다갔다 허다 뜰팡이 추레허
니 쭈그려 앉아 모가지 빼고 있는 거 봉게 도저히 발이
떨어져야 말시 한참 고민허다 달은 밝지 한사코 망초
꽃은 흔들리지 가시낭골 넘어갈랴닝게 엄두는 안 나지
에라 모르것다 그냥 주저앉고 말았는디 말았는디 그러
고 봉게 가만 있어 보자 오늘이 음력이루 메칠이쟈 긍
게 오늘이

_____

게옥질 '구역질'의 충청, 전라 방언.

아래무팅이 할머니

구순九旬 부부 지팡이 짚고 간신히 오셨길래
아무리 봐도 고향 느티나무집 어르신 닮으셨길래
가래울 사시지 않느냐고 하니 그렇단다
아래무팅이 철성이 할머니 아니냐고 하니
십오 년 전 죽은 우리 철성이 어떻게 아시냔다
철성이랑 부랄친구고, 국민학교 동창이고, 중학교
때 애개미까지 버스 타려 달음박질치다 넘어져 다리
뿐지르고
혹시, 공회당집 육 씨네 아시냐고 물으니
니가 병원 댕긴다는 근상이냐며 깜짝 놀라신다
그렇다고 하자 물러보겠네, 물러보겠네
이바유 늉감 야가 육 씨네 아덜 근상이라능그믄 그류
하이고 애덜 늙은 거 보면 우덜은 하나두 늙은 거뚜
아뉴
앙 그류 늉감

꽃길

시오 리 벚꽃길이다
저 꽃길 걸어 들어간 할머니는
벼룻길 활짝 피려 했던 것인데

아버지 손잡고 얼마나 멀리 갔을까
훌훌 버리고 얼마나 낯선 길 들어섰을까
걸어간 자리마다
벗어놓은 흰 옷들 가지런하다

할머니 들어간 자리
아버지 들어가 뿌리 내리고
꽃가지 마다 아이들 내어
달빛달빛 흔들리고 있다

하늘의 일

바람만 스쳐도
울컥 쏟아져 내릴 열매들
잔뜩 짊어지고 굽어 있다

배운 것이라고는 하늘 섬기며
노랗게 익어가는 일
품안 자식들 하나하나 보듬어
풀 섶에 내려놓는 일

굽은 몸 일으켜 연탄불 갈고
아이들 깨워 밥 먹여 학교 보내고
묵은 빨래 주물러 널어놓고

무너진 자리 어루만지다
남겨진 통증도 다 하늘의 일이라
이제 어쩔 수 없다는 듯
겨울비 기다리고 있었으리라
먼 길 떠나고 있었으리라

화양연화

오그리고 앉은 모습이
즈이 엄마 젊을 적 모습이라서
쉐타 걸치고 시장이라도 다녀올 모습이라서

꼭 시장에 갈 일 있어서도 아닌데
딸아이 손잡고 반찬가게며 과일가게 기웃거리다
살구나무집 펼쳐놓은 징거미 한 됫박 사고
돼지국밥집 들러 막소주에 얼큰해지면
무슨 북받칠 설움 있어 울컥 눈물 흐르는 것이냐
멋쩍은 딸아이 함께 훌쩍거리다 눈 흘기는 것이냐

저 여린 것이 공부한다고 객지 생활로
끼니 거르며 차가운 방 데운 것 생각하면
밥벌이 동안만이라도 끼고 있다 보내야지 했던 것인데
날 잡고 나니 마음은 가을 툇마루처럼 쓸쓸해져
며칠 손잡고 출근길이라도 다녀오고 싶은 거였다
시장 걸으며 그릇이라도 몇 개 들려주고 싶은 거였다

애개미꽃

앞강물이 뒷강물 움켜쥐고
헛헛한 가슴 열어 머리 푸는 두물머리 가는 것
다 내려놓고 물소리나 들으러 가는 것

여기서 애개미까지 한 시간은 가야 하는데요 거기
오두막에는 내 친구 장승이 묵정밭 일구며 토란잎으로
익어가는 것인데요 한 뼘 마당도 호미그늘 몇 소끔으
로 저녁이 가득 차면요 서까래라고 세워놓은 것이 금
방 내려앉을 뼈마디 닳아 자꾸 해지는 쪽으로 기울어
지는 것인데요 피지 않은 꽃들 가득한 담장 허물어지
는 것인데요

강은 제 가슴 노을 물고 북방에 가 닿았으리
어린 새끼들이랑 물살 거슬러 오르다
옛일 기억하고는 펑펑 눈물지었으리

_____

애개미 대전광역 동구 신상동 아감마을.

II

가을비

너무 어릴 적 배운 가난이라서

지금은 하나도 기억하지 못하는데

이제는 더 늙을 것도 없이

뼈만 남은 빈털뱅이 아버지가

어디서 그렇게 많이 드셨는지

붉게 물든 옷자락 흩날리며

내 옆자리 슬그머니 오시어

두 손 그러쥐고 우십니다

산등성이 내려온 풀여치로 우십니다

빈털뱅이 '빈털터리'의 충청, 강원 방언.

바람의 시간

느타리버섯 종균목 쓰러뜨린 바람이 있는 힘 다해 몸 흔들자 바닥에 납작 엎드린 서리태가 대궁을 둥글게 말아쥐고 이파리까지 털어낸다

썩은 모과가 해소병에 좋다며 상처 난 모과만 골라 넣던 아버지는 계단 몇 번 오르내리시더니 주저앉은 얼갈이배추를 보고 버럭 소리부터 지른다

갠 하늘이 눈부시다 먹감나무 이파리로 숨자 요란하던 풀벌레가 울음 멈추고 별똥별 데려와 뒤란에 풀어 놓는다 이 시간 우주는 나를 건너가는 중이다

강아지풀

강아지풀이
가늘게 대궁 밀어 올려
문간에 흔들리고 있네

업고 안고 걸리고
이삭꽃차례로 친정 온
누이처럼
설운 맘 흔들고 있네

엄니 넘어가신
찔레나무숲 송두리째 뽑아 들고
다시 돌아오고 싶지 않다던
아버지 기다리며

언제 오시려나 어디쯤 오시려나
무명저고리로 흔들리고 있네
더 가늘게 모가지 빼고
온 세상 흔들고 있네

오렌지

콩나물 해장국집 할머니
때 아닌 진눈깨비로 큰 방뎅이 더 커졌다

담배 한 대 태우고 들어온다던 할아버지
한나절 지나도록 소식 없다며 구시렁거린다
얼마나 바쁜지 찬그릇 몇 개 내려놓고
깜박 휴대전화까지 식탁에 놓고 갔다

어디에 놓았는지 모르고 두리번거리다
오렌지란 이름이 남행열차로 흔들리자
금세 화색이 돈다
할아버지 이름을 이쁜 이름으로 해 놓으셨네요
건네자 한 말씀 하신다

확, 갈아 묵어삐면 속 시원할 거 같아 안 그랬나
문디 영감재이

방뎅이 '엉덩이'의 충청, 전라 방언.

섬망

　난닝구 바람으로 쉬고 계시는 김수영 선생님 찾아
뵙고 닭 모이라도 한 주먹 집어주고 와야 하고, 막걸리
한 사발로 연명하시는 천상병 선생님 업고 동학사 벚
꽃 놀이도 다녀와야 하고, 새벽부터 울고 계시는 박용
래 선생님 달래어 강경장 젓 맛도 보러가야 하고, 대흥
동 두루치기 골목 건축 설계사무소 내신 이상 선생님
개업식도 가봐야 하고, 빽바지에 마도로스파이프 물고
항구 서성이는 박인환 선생님이랑 홍도에도 가봐야 하
고, 울음 터뜨린 어린애 삼킨 용당포 수심 재러 들어갔
다 아직 나오지 않는 김종삼 선생님 신발도 갔다 드려
야 하고, 내 사랑 자야 손 붙잡고 마가리로 들어가 응앙
응앙 소식 없는 백석 선생님께 영어사전도 사다드려야
하고, 선운사 앞 선술집 주모가 부르는 육자배기 가락
에 침 흘리고 계시는 서정주 선생님 모시고 대동아전
쟁터에도 다녀와야 하는데 봄비는 내 발목 잡고 놓아
주지를 않는구나

난독증

점심도 못 먹고 돌아온 남편
밥이나 차려줄 일이지
여편네가 어딜 그렇게 돌아다니나
부아 치밀어 전화했더니
바로 옆 탁자에서 벨이 울린다
전화기까지 놓고 갔다며 액정화면 보니
ㅅㅂㄴ
이놈의 여편네가 얻다 대고 ㅅㅂㄴ이야
독 품고 뚫어져라 바라보는 것인데
장바구니 끼고 언제 들어왔냐며
수박 좀 받으라 한다
수박 받아 들고 어떻게 남편 이름을
ㅅㅂㄴ이라 할 수 있어 성 내는데
한참 바라보더니 저녁은 먹고 다니냐며 혀를 찬다
나 같은 ㅅㅂㄴ이 어떻게 저녁까지 먹고 다닐 수 있어
라면 끓이려 냄비에 물 받는데
서방님을 서방님이라 쓰지 그럼 뭐라고 써

라면 먹지 말고 상추쌈에 밥 먹으라며 상을 본다
밥이 별로 보이고 물이 불로 보이고
서방님이 ㅅㅂㄴ으로 보이는 난독의 폭염이
자꾸 눈꺼풀 뜯어내는 힘겨운 여름날이다

봄

잔기침은 2월에 얻은 병이라서 신열도 동백꽃으로
붉다

음기 센 아이는 달도 뜨지 않은 배나무 밭에 눈썹 뽑
아 날리며 지나가고 일생 천식 달고 살아오신 엄니도
오늘밤 알아듣지 못할 욕지거리로 지새우시겠다 새벽
잠 못 이루시겠다

이맘때쯤, 장인어른은 송 씨네 제실 넘어가실 줄 누
가 알았겠는가 기일 맞춰 새 떼 모아들여 헛배 채우는
우물가

약으로 쓰라며 가래울 어인마니 마루 끝에 두고 간
모과 환하다

어인마니 삼 캐기에 능숙하고 경험이 많은 사람을 이르는 심마니들의 은어.

버드나무 회초리

봄동이라도 얻을까 싶어 산밭 들어섰는데 저쪽 계곡
에서 이쪽 계곡으로 흐르는 물줄기가 바람소리 낸다
이제 봄이구나 생각하고 얼었던 폭포 바라보며 새들이
깃 터는 것이겠거니 했더니 낭창낭창한 버드나무가 거
친 숨 몰아쉬고 있는 것 아닌가 학교라도 보내 달라는
누이 머리채 쥐고 종아리 치고 있는 것 아닌가

흰꽃

아버지는 뒤돌아 앉아 계시고
나는 시접匙楪에 젓가락 두드려
가지런히 올려놓았다

바람벽 기댄 엄니 흰 저고리에
제배 올리고 불 끄고 문 닫고
밖으로 나와 먼산 바라보았다

송아지만 한 개가 사납게 짖는 밤이면
뜰팡에 엄니 앉았다 가셨는지
망초꽃이 별무리로 내렸다

III

살煞

스무날이었던가
버러지소리로 들어와
방문 걸어 잠근 날
가을비 내렸던가
한 소절씩 끊어 말리며
두근거리는 심장 가라앉힐 때
차가운 바람은
불온한 나를 어디로 인도하였던가
여한餘恨이라는 말 있었던가
살아있으니 그저 눈 떠지는 초이레
잘그랑거리며 온기 불어넣는
처마 끝 풍경소리 들으며
나는 어느 가난한 영혼 놓아주었던 것인데
가을은 스무날 지워버렸던가
빗소리 그으며 지나가 버렸던가

옻술

　스무 해 넘도록 만난 적 없는 친구 만났다 강풍에 흔
들리는 길 위의 길이었으나 윤곽만으로도 양칭이 송
씨네 재실 둘째아들임을 금세 알았다 어려운 시절 뭐
해 먹고 사냐는 말에 멋쩍은 듯 어깨 들썩였지만 떼인
돈 받아준다는 일 있다는 걸 그날 처음 알았다

　지족마을 뒷고기집에서 내온 옻술에 혀가 간지러웠
다 두드러기 같은 친구는 마시고 싶지 않은 술 따르며
자기 직업의 쓸쓸함과 괴로움과 서운함에 대하여 불어
대는 봄바람처럼 쉬지 않고 지껄여댔다 몇 년 전 이혼
했고 당뇨가 심해 발가락 몇 개 잘라냈다는 말도 잊지
않았다

　돈 좀 있으면 빌려달라는 듯 불알이 툭 튀어나온 바
지 자꾸 끌어올려 있는 돈 모두 꺼내어 주고 길 옆에 서
서 오줌을 눴다 일찍이 혼자된 언덕배기집 정 여사네
딸 여우는 것 어떻게 알았는지 바람은 양동이 구르는

소리로 요란하였다

　모퉁이 돌아서자 스프레이로 말아 올린 머리 쓰다듬으며 친구는 택시로 떠나고 빈털터리로 돌아와 밤새 불덩이로 앓았다 출근도 하지 못하고 부어오른 얼굴로 미간 찌푸리는데 문틈 파고 들어온 햇살이 나리꽃 몇 송이 빼어 물고 혀를 차고 있었다

<hr />

양칭이 대전광역시로 편입되기 전 충남 대덕군 동면 용계리 마을의 옛 이름.
　　대청댐 공사로 수몰되어 사라짐.
지족마을 대전광역시 유성구 지족동.

봄비

지우다만 립스틱 자국이 콧잔등까지 선명하다
끈 떨어진 부라자가 화장대 위에 풀어져 있고
얼마나 다급했는지 파운데이션 뚜껑은 깨져
형광등 주위에 날파리로 몰려 있다

몸살 났으니 학교 가지 말라는 엄마 말은
얼마나 다정하게 들렸겠는가
아무도 없는 집안에 아가씨 된 모습은
얼마나 가슴 뛰게 했겠는가

찍어 바른 자리에 다른 화장품 덧대
떡 진 얼굴이 화석처럼 굳어 있다
누가 뭐라 한 것도 아닌데 그저 웃었을 뿐인데
골방에 숨어 눈물 그렁그렁하다
해떨어지자 크게 소리 내어 울고 있다

어부동

장바구리 깨진 가래울 염소는 어디에 부딪쳤는지 기억나지 않는다고 하였다

항상 코끝이 빨간 핏골 사슴은 택시 문에 손가락 쪄 결국 한 마디 잃고 말았다고 하였다

당뇨 진단받고 술 담배 멀리하였더니 통 사는 게 재미없어 못 살겠다는 갓점 여우가 목도리 풀어내며 늙어서 그런 거라고 중얼거렸다

방아실에서 왔다는 오소리가 돌무지고개 가로질러 개고개로 넘어가며 어부동 들어간다고 큰소리로 말하였다

어부동에는 도꼬마리고약 잘 만든다는 승냥이가 살아 내탑에서 나룻배 타고 한나절은 내려간 적 있다 아침이면 새들이 물안개 걷어내며 히죽이는 마을이었다

말벗 1
—序

세월 가는 줄 모르고 주막에 노니다 도낏자루 다 썩었다

함께 노닐던 사람들 신선되어 떠나고

한적하게 앉아 옛일 기억하며 고개 끄덕일 벗 하나 없다

이럴 수 있나 하는 일마다 이렇게 염려스러울 수 있나

눈발 흐낏흐낏 날리더니 담장만큼 올라온 홍매는 꽃눈 올렸다

이 산중 말벗으로 저만한 게 어디 있단 말인가

먼데 능선은 슬며시 윤곽 드러내더니 또 한마디 없다

말벗 2
— 희망가

라면도 떨어지고 집도 내줘야 하고
아무래도 산골 마을 들어가 수수나 키우며 살어야
겠다
오늘 아침은 돌담 타고 올라간 댕댕이 열매랑
까막까치가 먹다 냄긴 야식 주워 먹고 있는 중인디
달큰허다
뀔기대회 올라간 왜가리는 물대포 맞고 날개 꺾여
사경 헤매고 있다는디 괜찮은지 모르겠다
어디 무서워 땅바닥에 발 딛고 살긋냐
까막까치야 미얀스런 얘기지먼서두
남는 방 있으먼 한 칸만 빌려주라
슨거 끝나먼 내려와 열심히 일 해갖고
탱자 한 봉다리 주께
엊저녁 홑이불 덮고 잤더니 삭신 쑤시고
발톱까지 빠져 꼴이 말이 아니다
근디 담 대통령 슨거 언제 허냐

말벗 3
—능소화

아이고, 이년아
엉간 빨고 댕기그라 잉?
콩만 헌 그이
뭔 느므 담배는 배워 갖고
그케 빨고 댕기는 그시여
뻬 삭는다 뻬 삭아
어휴 냄시이
아주 굴뚝이네 굴뚝이여

318

말벗 4
─ 부레옥잠

엇따아 참말로
성님도 엉간 하씨요
식후불연이먼 삼보즉사란 말도
못 들어바쏘오
그 든든허다는 철옹성이
와 무너졌는지 아요
담배 떨어져 무너졌다 안 허요
담배 잉?잉?

말벗 5
— 콜록콜록

식당 내려와 밥 한 술 뜨려는데 건너편 앉은 여직원이 콜록콜록 숨넘어가는 거였습니다 어릴 적부터 밥상머리 앉아 조용히 하라는 아버지 엄하심에 밥알 한 개만 흘려도 이것 만들려면 논두렁 몇 번 왔다 갔다 해야 하는 줄 아느냐 맞아가며 자란 저는 아무리 참고 먹으려 해도 건건이 한 젓가락 넘어가지 않는 것이었습니다 참다못해 저어, 지송헌디요 콜록콜록 좀 그만 허시면 안 되겠습니까? 했더니 옆자리에서 다꾸앙 오독오독 깨물던 여직원이 기겁 하며 눈 부라리고, 머리 흔들고, 입술 깨물고, 젓가락으로 식판 두드려 쉿!

김 선생은 저 소리 들으며 밥이 넘어갑니까? 했더니 쉰 목소리 간신히 꺼내어 선생님 조용히 좀 말씀하세요 저 여직원이랑 입사 동기인데 결혼하고 15년 동안 아직 애가 없어요 저 여직원 남편입장 되어 보셨어요? 아니, 콜록콜록하고 애 들어서지 않는 것하고 무슨 상관있길래 남편까지 끌어들이시는 겁니까? 아휴, 선생

님 쟤 쳐다보잖아요 좀 조용히 말씀하시라니까 그러시
네, 쟤가 긴장하거나 흥분하면 유독 저렇게 콜록거리
는데 지금 밥 먹으려 하니까 흥분해 저러는 거예요 생
각해 보세요 손 만 잡으려 해도 콜록콜록 뽀뽀를 하려
해도 콜록콜록, 콜록콜록

장승이 사랑법

정년停年 얼마 남지 않으니 아내는 노심초사다
　가진 것이라고는 달랑 집 한 채뿐이고 들어놓은 보험
도 없이 연금까지 깎는다는데 무슨 수로 먹고 사냔다

　남들처럼 닭이나 튀기며 살 수도 없고 그렇다고 번
듯한 사무실 하나 내어 인문학연구소니, 민족문제연구
소니, 청소용역사무소를 낼 수도 없는 일
　밖으로만 떠돌다 아무 때나 뛰어드는 차 조심하고
젊은 것들 유별나게 사근거리면 그것은 꽃뱀 축에 속
하는 여편네들이니 특히나 조심하란다

　(아직은 일할 수 있어 사무실 들어서는데 퇴직한 늙은이
들 紅顔이 왔나 대낮부터 얼큰해져 아가씨들 종아리 홀끔거
리며 낄낄 대누나 저이들도 풍요로운 밤 지새웠을 것이니
선술집 난로 가에 눌어붙어 고구마나 굽다 주모가 얹어주
고 간 떡 가래 뒤집으며 날리는 눈발 바라보고 눈물지었을
것이니)

서리태 한 봉지 들고 찾아온 장승이랑 점심 먹고 금
방 헤어져 이빨 쑤시는데 언제 끝나냐 언제 퇴근할 수
있냐 장승이한테서 또 전화 온다

입동

　마당가 버려진 싸리비는 간단한 시술로 헛간까지 갈
수 있게 되었다고 하였다
　도굿대도 작년 여름 발등 깨져 고생하더니 핀 몇 개
로 정짓문까지는 다닐 수 있게 되었다며 가래침을 길
게 긁어내었다

　묵정밭 세 들어 사는 고욤집 딸네미가 가을만 되면
장광으로 떨어져 날리는 것도 이제 지긋지긋하다며 돼
지막 앞에 핀 흰 밥풀꽃 따라 새벽차로 떠났다
　나는 뒤란 무 구덩이에 감춰 두었던 겨울바지 꺼내 대
나무 이파리처럼 다려 입고 이쪽 끝에서 저쪽 낭떠러지
로 돌아다녔다

　허리 끊어져 누워만 있던 우리집 서까래 바라보던
늙은 목수는 너무 늦어 손을 쓸 수 없게 되었다며 혀를
찼다
　초겨울 비가 바람 몰고 와 마당을 한바탕 쓸고 가자
함석지붕이 금방 무너져내릴 듯 들썩들썩하였다

먹감나무

재판에 진 아버지는 골방에서 흐느끼고 있었을 것이다
달빛은 지난여름 데리고 와 새로 생긴 호수에 쪽배로
출렁이고 있었을 것이다

울렁증 있던 누이는 봉숭아꽃으로 흔들리다 홀연 가
을 강 건너갔다

물소리 흉내 잘 내던 밤벌레가 가을을 노래하다 코스
모스 핀 언덕 넘어간 날이었을 것이다
먹감나무 이파리가 이리저리 날리다 장독대에 쌓일
무렵이었을 것이다

그때 나는, 모로 누워 꽃무늬 벽지를 손톱으로 긁고 있
었던가
수수깡으로 잇댄 바람벽에서 흙가루는 쏟아져 흩날
렸던가

IV

진잠여자鎭岑女子

육백년 느티나무 모른다고 하더군

더 이상 젖을 것 없는 봉당마루 모른다고 하더군

무당집 처마끝 모른다고 하더군

양철대문 열면 컹! 짖던 누렁이 모른다고 하더군

댓돌 가지런한 흰 고무신 모른다고 하더군

일본식 들창문 모른다고 하더군

부뚜막 간장종지 모른다고 하더군

한잔 술에 움푹 꺼진 눈으로 쏘아보는 저 여자女子

이제는 모른다고 하더군

진잠鎭岑 대전광역시 유성구 진잠동.

불목하니임처사전상서

　절 들어가고 싶은 마음에 산세가 마치 닭발처럼 생겼다는 계족산鷄足山 암자庵子 산 적 있지요 이른 봄이라 찬바람 불고 계곡 따라 걸으면 얼음을 문 황톳길이 바스락 소리로 자지러졌지요 거기서 무얼 깨우치거나 남겨진 공부 있는 것도 아니어서 한 바퀴 돌고 들어와 뜯긴 문풍지나 바르고 감잎차 마시며 잘그랑거리는 풍경소리 듣는 게 전부였는데요

　산짐승 한 마리 울지 않아 적막도 소음인 듯 진눈깨비 대신하는 오경五更 무렵이었을까요 잠 깨어 뒤척이다 소주병 꺼내 뚜껑을 살짝 비튼 것인데요 기지개켜듯 따닥! 뼈마디 소리 어쩌나 듣기 좋던지 이게 그 어렵다는 해탈인가 싶더라고요 더듬거려 찻잔에 쪼르륵 따르던 맑은 소리는 해탈스님 법문인가 싶기도 하고요 그 소리 하도나 듣기 좋아 처사님 꼬드겨 해가 중천일 때까지 술 따르다 큰 스님께 한 소리 듣고 쫓겨난 것인데요 싸리꽃은 얼마나 무심하던지 잘 가라 인사 한마

디 없더라고요

　사러리 살다 다 잃고 들어와 불목하니로 사는 게 그
렇게 좋다던 임 처사 방에 몹쓸 병 하나 두고 왔는데요
요즘 어떠세요 까닭 없이 우는 문풍지 소리 뒤로하고
계곡에 피던 벽자색 싸리꽃은 여전히 울렁거린다며 징
징대고 있겠지요

사러리 대전광역시 동구 신하동.

눈물소리

　생가生家 빼앗기고 밤새 어루만지다 새벽별에 흘려 보낸 툇마루라서

　일어나 한발 두발 밟으면 허름한 마룻장 소리는 왜, 안방 들어서며 흐느끼던 엄니 눈물소리로 뻗어 가는가

　지금은 아무 연고 없이 바람만 횅한 남의 집이라 마당 한 바퀴 돌아볼 수 없지만, 헛간 달그락거리며 쇠스랑 하나 일으켜세울 수도 없지만, 대청 올라 헛기침으로 가래 삭이려는 것인데 문지방 노래기떼는 부엌으로 몰려간다

새똥 빠지는 소리

연말정산 환급금 나왔다 이렇게 제하고 저렇게 제하고 사는 것이 영 시원치 않다 지난 설날 고향집 들어가 환급금 받아가지고 엄니는 비녀 하나 사드리고 아버지는 꺼먹고무신 한 켤레 사드린다고 했는데 공염불空念佛됐다 어떻게 비녀 하나 살 돈이 없나

뜰팡에 앉아 손톱 물어뜯고 있는데 고양이가 운다 나만큼 힘들다는 것이다

풍경

나는 한 번 믿으면 곧이곧대로 잘 따르는 편이라서 꽃피는 일은 굳이 계약서까지 쓰지 않더라도 알아서 잘 핀다 작년 겨울에는 며칠 반짝 춥더니 한겨울 날씨가 마치 무쇠솥 얹어놓은 부뚜막 같아 익으라고 내놓은 알타리 김치가 푹 삭은 일 있는데 꼭 오래된 친구가 진국만은 아니라는 것 알면서 아슬아슬한 풍경으로 흔들린 적 있다 진눈깨비 내리고 하니 그렇겠거니 갈마동葛馬洞 고개 팔각정에서 두 시간은 기다리다 되돌아오는데 신발 다 젖고 바람까지 불어 남의 집 문간에 쪼그려 앉아 들창으로 새어 나오는 소리가 오순도순 어찌나 듣기 좋던지 한참 듣고 있다 부랑아로 오인 받아 변명하느라 애먹은 일 있다 모르는 사람한테 적선積善도 하지 않습니까 진눈깨비도 내리고 하여 잠시 피하고 가겠다 했더니 아래 위 훑어보고 그냥 들어가기에 철벅거리며 골목 내려오다 골똘히 생각해보는 것인데 아무리 잘 피고 지는 사이라지만 업신여기지 않고서야 어찌 하루 네 번씩이나 피었다 질 수 있단 말인가 진눈

깨비는 어찌 이리 경우도 없이 슬프게 내릴 수가 있단
말인가 고민하다 하룻밤 꼬박 새운 나는 구질구질하니
꼼짝하기 싫은 처량한 풍경으로 앉아있는 것이다

말벗 6
── 자유

충청도 덕산 출신 환쟁이 박석신 씨는 호가 자유다
달랑 붓 하나 들고 대흥동 화방거리 모텔 지하 주차장
빌려 Parking이라는 갤러리 운영하고 있는데 오가는 사
람들 이름자에 꽃을 얹어 제 이름 사랑하는 운동 펼치
기도 한다 하루는 글쟁이들이랑 갤러리 한쪽 구석 빙
둘러앉아 간재미 무침 하나 놓고 대전부르스로 얼큰해
져 내 이름자에도 꽃을 얹어 한참 흡족해하다 선생께
한말씀 드리고 싶어 참 좋은 재능 가지셨습니다 하고
요즘 나我를 잊고 사는 사람들에게 하고 싶은 일 자유
롭게 하며 나我를 새롭게 찾아주는 일 얼마나 보람되냐
그래서 호를 자유로 쓰나 봅니다 했더니 그림 그릴 때
는 물통으로 삼는다는 찌그러진 양재기 권하며 자유?
한잔 허세유? 그러더니 피식 웃는다

말벗 7
— 견고한 울림

　바람이 위에서 아래로 불 때, 건조한 기운이 보름 삼키고 성난 짐승 소리로 울부짖을 때, 힘 모으려 돌계단 쑥꽃 바라보고 있을 때, 땅바닥 찬 기운이 온기 빼앗아 갈 때, 병풍 뒤에 숨어 통음通音하고 잊으려 할 때, 틀어막은 구멍으로 온몸 떨려올 때, 숨 고르던 제단祭壇 등불이 두근두근 목울대 노려볼 때

말벗 8
— 손님

병病이란 놈 찾아와, 떡하니 병실 문 열고 찾아와 하
얀 침대보처럼 누워 나를 기다리더면

모르는 척 침대맡에 앉아 기침하는데 윗도리 벗어
갈아입히고 아랫도리도 갈아입히더니 처음 웃음인 듯
웃더면

도랑 경칩驚蟄개구리는 큰 울음으로 다리 주무르고
이마에 물수건 얹더니 알약 같은 씨앗 몇 개 쥐어 주더
면 흘리지 말고 남김없이 심으라며 반짝거리더면

그러니까, 그게 이파리 나오기 전부터
그러니까, 그게 향기가 찾아오기 훨씬 전부터

말벗 9

— 별잎

신주神主는 밤나무로 만들어야 한다는데
개 짓는 소리 닭 우는 소리 하나 없이
조용한 산중 백년 밤나무로 만들어야 영험하다는데
이 밤중 계곡에 빠지고, 무르팍 깨고, 돌무덤 뒹굴어
간신히 식장산 들어갔습니다
식장산에는 구절사라는 절이 한 채 있어
마땅히 의탁할 데 없이 떠도는 혼령 모셔볼까
마당 들어섰는데요
노스님이 염불 가르치려다 그만둔 백당나무가
어찌나 짖어쌓던지 자면서도 컹
밥그릇 핥으면서도 컹
풀잎이 별잎 흉내 내면서도 컹
컹컹

식장산 대전광역시 동구 낭월동에서 충청북도 옥천군까지 이어지는 해발
598m의 산.

검은 하늘

공양주 출신 엄 씨 할먼네 움막에도 하늘은 있지

낮은 하늘이 마루까지 내려와 산빛 깨는 날 있지

아직 처녀 적 웃음 잃지 않고 꼬부라진 허리로

마당에 마른 풀 쌓아놓는 헛간도 있지

할머니 머하시능 규 빈말 던지면

이눔아 보면 물러 언능 거들지 않고

욕부터 튀어 나오는 검붉은 잇몸도 있지

소나기 한 줄금 지나가면 무명저고리 물비린내 털어

매콤하게 비벼 내온 양푼이 국수도 있지

주리틀눔 집구석에서 이쁜 각시나 도와주지 여긴 뭣

허러 왔댜

그래 엄니 다리는 좀 괜찮은 겨 양념 같은 걱정도 있지

그게 어디 금방 털어내고 양짓말까지 뛰어댕길 병이

간듀

재봉틀 다리 밑에 말아놓은 담요 꺼내 화투나 한 판

칠까유

오늘은 구즉 묵밥 내기유 두둘이다 보면

340

아희야, 이러다 오늘 약초 다 담는 날이지

낫 하나 들고 고샅길 돌아 명월초밭에 라디오 듣다

부아 치밀어 땅바닥만 긁고 있으면

명월이 좀 데려 오랬더니 아주 구덩이를 파고 있네 구덩이를

인자 구덩이 속으로 들어가고 싶어 그냐

오늘은 물이나 마시고 엄니 한 병 갖다 디려라

그만 담어유 넘치잖유 땅바닥으루 다 흐르잖유

가만있어 공짜루 담아주는 거 꽉꽉 눌러 담아주야 복도 들어오능 겨

저 뜰팍이 올려논 쏘주병 봐라 그거 쬐금 더 주능 거 아까워가꼬

꼭 요맹큼 모지라게 담아농 거 봐라 숭한 늠덜

기왕 담아 주능 거 넘치게 담아주야 넘치는 늠두 나오능 겨

너두 이눔아 기왕 허능 거 넘치게 허란 말여

모지라게 하면 모지란 눔 나오능 겨

상추 풋고추 민들레 양 손 가득 들고 배시시 웃으면
엄 씨 할먼네 지붕에도 검은 하늘은 있지
얼마 남지 않아 금방 쏟아져 내릴 듯한 하늘은 있지

겨울이 간다

소한小寒은 올 들어 가장 추운 날이어서 온종일 눈발 날린다

길 메우고
날아온 새들은 헤집어 보기도 하고
소나무 가지가 한참 짊어지고 있다 툭툭 털어내기도 하는 것이어서

한나절 꼼짝 않고 있다 그래도 누가 오시지 않을까 가시지는 않을까 방한모 쓰고, 목장갑 끼고, 대문 앞에서 저 아래 신작로까지 넉가래나 밀고 나가는 것이다

겨울이 간다

항상 발이 저리신 아버지 윗도리 지퍼 열 듯
엄니 찬송가 몇 소절로 물길 가르듯
저 눈발은 평화平和라 읊고 싶은 것이다

후일담

다람쥐가 겨우내 먹으려 도토리를 한입 두입 물어다
너럭바위 아래 쟁여 놨더니 아래께 탁발스님이 묵 쳐
먹으려 가져간 것 알고 스님 흰 고무신 물고 죽었다는
얘기를

엄니는 숨도 쉬지 않고 말씀하시는 거였습니다

_____

아래께 '접때'의 충청 방언.

5부

———

절창

2013

I

징

    징이여 바람의 손잡이 잡고 등짝을 한번 후려쳐봐 울림이 클텡께

    아궁이 단속 심했던 대장장이가 벌겋게 달아오른 노을을 마흔아홉 번이나 구부렸다 폈다 만들어낸 걸작이 바로 저 강이여

    동담티 무당 년이 찾아와 낚아채듯 뺏어간 날이 아마 그믐이었지 빨간 깃발 펄럭이고 아침저녁으로 울부짖는 소리 들리지 그 집이 몸땡이 풀어놓은 딘디 주인이 나이도 많고 고집불통인데다 말도 통하지 않아 맨날 굿판이 벌어지고 있지

    내가 징이여 소리에도 색깔 있어 울림 큰 음색이 특징인디 워쩌 오늘밤 한번 들어볼텨 징채라도 있으면 맘껏 후려쳐봐 이빨 꽉 깨물고 견뎌볼 텡께

북

까맣게 타들어간 것이 비비면 한 줌도 안 되겠다
퀭한 두 눈에 밟히는 소쿠리며 망태기
바람벽 기대선 지게 작대기 하나에도 눈시울 붉다
작달막하지만 탱자나무 북채 닮아 눈빛 푸르고
걸음걸이 기운 돌던 저 노구도
복수 불룩하니 손녀딸 이름조차 간신히 잇몸에 걸린다
가죽 한 번 제대로 갈아 끼우지 못하고 일흔두 해 두
드린 뱃바닥에
썩은 것들 모두 욱여넣었는가
뼈에 걸린 살갗마저 귀찮은 듯
대강 걸쳐놓은 낡은 윗도리 같다
대청 한 바퀴 돌아나가는 더운 바람이
한쪽 팔 툭 밀쳐놓는다

절창絶唱

　일흔 노인 소리를 듣는다

　득음에서는 관악기 소리가 나는 걸까
　하도 불어 속이 다 닳아버린 오죽烏竹의 숨구멍으로
잘 익은 통소 소리 난다

　참 처량하기도 하다

　두우도우 갸릉거리다
　중모리로 간신히 넘어가는 저 노인 앓는 소리는
　지금 애미고개 넘어가는 중이다

　끊어질 듯 이어지고 이어지다
　끊어지는 중고제 낯익은 소리 절창絶唱이다

―――――――――

　중고제中高制 경기 남부와 충청남도 지역을 중심으로 발달한 판소리 유파.

꾼

스무이틀이 내 생일인디 마늘밭이며 고추밭이
온통 흙 바가지 뒤집어쓰고 뱃바닥 긁어대는 염천
더윈디

창수란 놈
막걸리 한 통 사들고 찾아왔것다

대청에 떡하니 버티고 앉아
(저저 배배 돌아가는 몸뚱어리에 차림새 하고는)
세모시 두루마기 걷어 올려붙이고서리
한 소리 되아 내는디 되아 내는디

갓은 뒷꼭지가 달라붙고 속적삼은 밖으로 두루마기
까지 땀범벅이 되어 있고
목 구녁은 턱턱 막혀 소리가 나오질 않고 꼬박 이틀
간 되아 내다 기진하고 맥진하여
지리산 푸른 학이나 될란다 숨어들어 갔는디 여태껏
소식 깜깜한

칼

니가 쥐 아녀 그 양반은 양이구 양헌티 쥐는 안 돼 못
이겨 그러니께 하관下官은 뭣하러 갔댜 그 눈보라를 뚫
고 폭폭 빠져가메 옷이나 두껍게 입고 가든지 홑겹의
잠바때기에 뭘 만지다 갔길래 손은 더께가 져가지고
하이구 우리 집안 맨주먹 돌진허는 독립군 하나 나셨
네그랴 그래 일본 놈은 몇이나 때려잡은 겨

엄니는 쩔쩔 끓는 나를 꼿꼿이 앉혀두고 부엌칼로
산발한 머리채를 빗기시고는 밖으로 나가 흙바닥 세
번 긁고 칼 한 번 던지시고 되똥거리며 주워다 또 한 번
던지시고는 푹 자둬라 자고 나면 개운해질 것이니 신
열 가라앉는 새벽이면 엄니는 늘 컴컴한 윗방 다듬잇
돌 위에 칼을 타고 계셨다

탕湯

　영 개구 못하는 날이면 아버지를 닦달내어 상엿집 장기 몇 알 꺼내오게 하셨다 모두 손때 묻은 조막덩어리 초楚나라 병정들이었으나 엄니는 부뚜막에 쪼그려 앉아 쌀 안치듯 쟁여놓고 불 넣으셨다 하룻밤 꼬박 새워 장작 밀어 넣고 곰국 우려내듯 고아낸 장기탕이 멀겋게 때깔 보이면 엄니는 뚝배기째 들고 오시어 숟가락 호호 불어 떠 넣으며 한 말씀 하셨다 천천히 먹어라 이것이 마을 남정들 정기 모두 모아 끓여낸 것잉게 금방 일어설 수 있을 거이다 너두 언능 일어나 영근이마냥 핵교 댕겨야 할 거 아녀

　부엌에서는 겨우내 장이야 멍이야 사내들 끓는 소리로 후끈하였다

열꽃

내 몸의 길손들이

한참 주절대다 잠잠해진 겨울날

구석구석 피어오르던

부적 같은 꽃 덩어리

가려움증 도지면

엄니는 신神 할머니 댁으로 달려가

온몸 빗자루로 쓸어내렸다

명인

손바닥으로 읽는 소리북만큼이나
울림 큰 서적이 또 어디 있으랴
쇠가죽 단단히 동여맨 소리북통 덜렁 메고
수림으로 들어와 관절 굳어버린 사내

북채 쥐고 쓰러져 죽기를 원한다
침엽의 바람 오롯이 받아낸 식솔들이
무거운 저녁 짊어지고 들어와
밥상머리 숟가락 달그락거릴 때
천복 씨 뭉뚝하게 굵은 손가락 펴
소리북통 가죽끈 힘있게 당겨본다

오늘 무슨 날인가
소리북통마저 바람 새고
천복 씨 문지방 장단 맞추는데
밖에 유성기음반복각판 긁는 듯
바람이 따르락 손장단 읽으며 지나간다

전설

산지내비 순철이 아버지

하도나 배고파 산지 내려 갔다가

수수밭머리 너럭바위 앉아

청무우 깎아 먹다 죽어버렸다

서속밥 한 그릇 지어놓고

평박골 돌무덤 북잽이로 피었다

서속밥 기장과 조 따위의 거친 곡식으로 지은 밥.

장구

새각시 같다

며칠 단장했는지
번들번들하니 울림도 크겠다
잘록한 허리는 여전하구나
잔뜩 조여 맨 허리춤 전대가 팽팽하다

서방 먼저 보내고 십수 년 떠돌다
재래시장 귀퉁배기 잡에서 국밥 말아주는
여인아

오늘은 저 속에 보금자리 틀고
밤새껏 눈물 소리 잘그랑대고 싶어라

달팽이

꼬부라질 대로 꼬부라진 모퉁이 집 할머니
가시나무 지팡이 움켜쥐고 참기름 내고 오시는지
상추밭 길 더듬어 느릿느릿 걸어가신다

두어 발짝 떼고 숨 한 번 몰아쉬고
두어 발짝 떼고 등 한 번 두드리고
아무도 태워주지 않을 도라꾸에 손 흔들어 세워본다

참나, 저 할머니 해 떨어지기 전 사립문이나 여실는지
자꾸 흘러내리는 몸뻬 끌어올리고 보따리는 하나 들고

할머니 장에 댕겨 오시능규

들은 척도 안 하고

낙화

한마디도 없이 길다

다시 돌아가려니 가슴 먹먹해진다

초입에 쪼그리고 앉아 경배 중이신 엄니

다리 한 번 제대로 펴보지 못하고 일흔넷 되셨다

돌아가야지 어둡기 전 돌아가야지

열무 단 묶으며

더께 진 손등 분가루 흩날리더니

좌판에 던져진 햇살 털어내더니

마당에 덩어리째 떨어져 날린다

한철 모가지만 남은 가랑잎 소리 내며

황토

푸석푸석한 아버지 갈아엎었네
객토 한 번 하지 않고 수십 년 우려먹었으니
어디 하나 온전한 데 없이 누렇게 떠 있네
저 몸 부려 밥 얻고
밀대 같은 자식들 키워 올렸으니
갈아엎은 손목이고 장딴지가
온통 돌 자갈 흙 밭이네
가뭄에 버석거리는 몸 지펴
갈라진 논두렁길 가면
들쥐 떼만 갈숲 가로질러 가고
산지기골 무자귀 몰래 내려와
몇 번 깨물었다 놓았는지
힘없이 걸어가시는 아버지
손만 잡아도 한꺼번에 무너져 내릴 듯
온몸 먼지바람 날리네

물결무늬 새

집으로 들어가려다 호수에 닿는다
물결무늬 어미 새가 병아리들과 한가롭다 아니다
부지런히 움직여 한창 자맥질이다
땀깨나 흘렸을 어미 새가 허리 꺾어 물속으로 사라
진다
꽁무니 쫓던 병아리들도 덩달아 어미 흉내 낸다
살아가는 법 터득하는 중이다
살아간다는 것은 있는 힘 다해 허리 꺾는 일

나 언제 욱신거리도록 허리 꺾어본 일 있던가
애비 되려면 아직 멀었다는 듯 새들 날아가고
물결무늬만 쫏쫏쫏쫏쫏

가을 별자리

단풍나무는 벌겋게 취해 흥청거리고
손가락 닮은 이파리들이 오를 대로 올라
색기色氣 부리고 있네

살짝 일렁이는 물바람에
목젖 다 드러내며 자지러지는 딸아이
봉숭아빛 입술 뜨거워지고 종아리 굵어졌으니
품에서 내려놓아야 할 때

겨울나려면 좀 더 비워둬야지
노을빛 눈부시게 부서지며 낡은 흙집 감싸 쥐면
뜨겁던 여름도 까맣게 익은 산초씨로 떨어지는가

돌아가리라
삭정이 같은 노모 시래깃국 끓이고
삶이 무성했던 아버지도 허리 굽어
텃밭에 쌓인 고춧대 태우며 붉어지고 있을 것이니

돌아가 북창 열고 가을 별자리 하나 마련하여

안부 들어보리라

II

비

철벅거리는 비여

처마 밑에 쪼그리고 앉아 대파 다듬다

한 대궁 꺾어

다 떨어진 운동화 길이 재고

한 켤레 장만하여 돌아오는 가을비여

비닐봉지도 젖고

무명저고리도 젖고

처진 눈 밑도 젖어

발등에 발등에 여위는 늦가을 비여

방우리

적벽강 깊은 낭떠러지 끼고 사는 마을이다

어쩌다 컹! 짖으면 수만 조각 갈라진 벽 울음이 뼛속까지 스미어

노인들 시름시름 앓다 은어로 돌아가는 마을이다

수면 위로 튀어 오르던 은어 떼가 국수빛 보름달을 밀어 올리는 저녁

사나운 짐승 소리 내던 자작나무도 슬그머니 꼬리 감아 내리고

희디 흰 찔레꽃이 내 누이처럼 몸 던지는 서러운 마을이다

방우리 충청남도 금산군 부리면 방우리.
적벽강 충청남도 금산군 부리면 수통리.

가을 칸나

양철 지붕 집

병 깊은 엄니 누워 계시다

볕 좋은 마당 간신히 걸어 나와

누가 뒤꼍에 불 놓았나

저놈의 꽃 덩어리

성냥불 같네

탁! 하고 켠 성냥불 같네

풍금

엄니는 늘 잇몸 아프셨네
등잔불에 벌겋게 달군 못을
입속에 넣어 썩은 이빨 달구셨네
이놈의 이빨 다 부숴버려야지
찔레꽃 지는 밤
아버지는 울분처럼 타오르고
내가 잘 치던 풍금의 검고 흰 이빨들이
우수수 쏟아져 내렸네
이제 그 잇몸 아프지 않아도 되겠네
달군 못에 혓바닥 데지 않아도 되겠네
씹는 둥 마는 둥 대충 삼키는 엇박의 음정들이
쓸쓸함마저 거두어간 빈방에서
홀로 오물거리고 있네

시래기

바람벽에
시래기 타래 길게 늘어져 있다
물 기운 쏙 빠져
걷기 힘겨운 엄니 왼다리 같다

되똥거리며
해종일 다랑이 밭 일구고 콩잎 따고
수수목 꺾던 손등도
이제 장작 같구나

그 손에 자란 나도 장작 같아서
젖은 손등 문질러 온기 집어넣는데
얼마나 길게 연기 빼어 무는지
매운 눈물이 시래기 타래로 떨어져
바특하게 끓여놓은 찌개 같다

시래기 같은 몸으로

바람벽 기대어 엄니 보고 있자니

까치밥 파먹고 달아나는 새 떼처럼

나는 지금껏 엄니 파먹고 살아온 것 아니냐

물 기운 빠져나간 왼다리가 인두 자국처럼 붉다

첫눈

아이들 내복 하나씩 더 있어야겠어

연탄도 백 장 들여야 하고

쌀통 바닥 보이던데

시골에 가봐야 되잖아

다음 주 아버님 생신이던데

가진 것 얼마나 있어

수도세 전기세 내일까지 못 내면 끊어버린데

생강 까며 다그친다

동치미 담그며 몰아붙인다

첫눈 내리는데

내가 세 들어 사는 연립주택

깨진 유리창 너머로

아이들 함박웃음 뛰어 날리는데

면벽

재래시장 쪽방에서 소주 마시는 날 있지만
날리는 눈발이 별소릴 다하며 어르는 날 있지만
한 숟가락씩 뚝뚝 떠먹는 순댓국밥은 알까
사는 일 각박하여 싸움이라는 말 생겨나고
눈물이라는 말 생겨나고 깨진 세간살이 생겨난 것인데
사내라는 말 앞에서 왜 울화통이 터졌을까
갈피 잡지 못하고 이리저리 흩날리다
쪽방에서 바람벽 바라보고 있는데
허옇게 종아리 까고 누운 파단 같은 딸아이 찾아와
그만 마시고 밥 먹으라는 말 속으로
싸락눈 뛰어 날린다
발 떨어지지 않고
자꾸 콧물만 흘러내린다

폭설

제설차 한 대 오지 않는 세상
어디로 가야 하나
오촌 댁이라도 가볼까
거기도 죽는 소리 한가지인데

대학이랍시고 나와
눈만 높아져 악다구니 쓰던 막내 년
뛰쳐나간 지 넉 달째 소식 없고
엄니는 잠결에도 막내만 부르는데
어디로 가야 하나
어디 가 취직자리 부탁해야 하나

어스름 눈길 미끄러져
부속고기 집에서 소주 마시다 보면
실없이 웃음 헤퍼지는구나
싸대기 때리는 눈발만
바짓가랑이 부여잡고 울어쌓는구나

무늬

차고 딱딱한 살갗 몇 번이고 만지작거리는
나무의 기억은 새롭다

반짝이는 무늬 보며 대개 나이 탓이겠지만

똬리 틀 듯 감아 올라간 무늬 속에
  겨울의 흠 있으리라 살갗 오그라드는 바람의 칼자국
있으리라

  겨울은 깊고 바람이 털갈이하는 황소 등처럼 커다란
굴곡 이룰 때
  나무는 얼룩져 살아가며 깊은 무늬 이룬다

무늬가 아름답다는 것은 삶이 괴로웠다는 것이다

겨울의 중심

싸락눈 날리는 공사장

타닥타닥 타는

나무토막 같은 사내들

모닥불로 타오르며

쪼개지고 있다

천개동 시편

── 서시序詩

물봉선은 이미 많은 이야기 풀어놓고

산댓닢 다 된 사람들이
끊어진 길 다시 엮으며 산으로 들어간다

여기가 천개동인가

까맣게 타들어간 산중
사람으로 남아 있어야 할 구름이
비늘 세우고 하늘로 올라가고 있다

머리도 길게 풀어헤치고
꼬리 긴 산 닭처럼

천개동 대전광역시 동구 효평동에 있는 마을.

천개동 시편 1
— 별

흙 마당 멍석 깔고

별 뜨는 북녘 바라보며 손국수 먹는데

그대 모습 별똥별로 내려와

눈물 흘리더이다

무슨 죄 지었는지 소나기 퍼붓던 날

풀물 든 손 씻지도 못하고

큰 강 건너 가시더니

새가 되었는지 꽃이 되었는지

저 하늘 반짝이는

커다란 별이 되었는지

천개동 시편 2
—산국山菊

붉은 수숫대 들고 먹장구름 하늘 찔러도 보았다

선혈 낭자한 논두렁길 쓰러진 사람들 산국山菊으로
피고

별 따러 간 아이들 몇 해 지나도록 소식 없다

적막도 가라앉은 산속 피 묻은 새 울음소리

천개동 시편 3
— 물소리로 울다

마을 한 바퀴 돌아 나와야 호수에 닿는 물줄기 있다

이북이 고향인 주인집 막내딸 목청처럼 내 가슴 청아
하게 흐른다

언제 올끼요 언제 올끼요

옥빛 뽀뿌링 치마 날리며 하늘 길 닿던 날

버드나무 가지 출렁이던 새들 물빛으로 자진하였는가

밤새껏 소용돌이치던 이마자국 움푹하다

천개동 시편 4
— 아버지

어이 택씨이 신의주 따따부울

갈끼여 앙갈끼여 앙갈라문 내비두슈

소주 한 병 차고 북어 대가리 빨며

걸어서 가문 되지

푸른 눈 깊게 뜬 동해 데리고

동해 한 잔 나 한 잔

영월 삼척 지나 판문점 근처

올갱이 해장국집에서 속 좀 풀고

에헤야 걷다 보면

해란강 노을도 더덩실 춤추며 반겨줄 껴

의주행 기적 소리는 목울대 터지도록 목포 부르구

천개동 시편 5

—— 북춤

싸락눈 날리는 천지연 바람도
쉬었다 돌아가곤 하였지요
빽빽이 들어찬 아름드리 소나무가
제 가슴 속살 잡아 뜯는 밤이면
평양거리 지나던
여성 동무들 한걸음에 달려와
신명나게 북춤 추곤 하였지요
머리띠 질끈 동여매고
상처뿐인 마을 밤새껏 휘돌다
반짝이는 별이 되곤 하였지요
귀밑머리 새하얗게 된서리 내려도
변한 거 하나 없이 두 눈만 퀭한

천개동 시편 6
── 통일 걱정

성폭행 기사 실리지 않는 날 없는 나라에서
통일은 되어 무엇 하나
녹 슬은 기찻길 때 빼고 광내어 달려가면
대동강 푸른 물이 온전할까
평양 거리 지나는 여성 동무들이
밤거리를 안전하게 지날 수 있을까
방석집 골목 가면
청진여자이쏨 뱀술이쏨
네온 간판 화려하게 빛나고
백두산 식당에서 계 한다며
열차는 붐빌 텐데
모텔마다 예약하지 않으면
발 디딜 틈도 없이 노숙자만 들끓을 텐데

천개동 시편 7
— 감자꽃 피면

남쪽에서 올라오는 어여쁜 꽃 소식 들으며
북측 감자 몇 알 심었습니다
사상이나 이념 따위 생각하지 말기로 하고
협동농장 밭고랑에서 따라온
부스러기 잔 흙까지 심었습니다
수십 년 지나도록 번듯한 알 하나 품지 못하고
잡풀 무성하게 자란 세월 모두 뽑아버린 비탈 밭
북측 감자 몇 알 구해 심었습니다
감자꽃 피면
돌 자갈 흙 밭에 수줍게 달려올
무명저고리 여인 생각하며
북측 감자 몇 알 구해 심었습니다

천개동 시편 8
— 천개동 가는 길

새벽밥 먹고

쩌렁쩌렁 강길 따라

눈 밟으며 가네

동지 바람도 매서운 강변

저희끼리 알몸 부비며 쪼그려 앉은

보리꽃 같은 사람들 두고 가네

산굽이 돌아 첩첩산중

아름드리 소나무가 쓰러져 누운

산길 접어들면

빈 손 저으며 아우성치는 눈꽃 같은 얼굴들

금방 부서져 내려 자지러질 것 같네

부르튼 발 벌겋게 부어올라

발길에 쌓이는 눈보라 차며 가네

새벽밥 먹고

눈길 밟으며 천개동 가네

III

고흐네 쌀독

옛날식 연탄구이집에서
콧등 까매지도록 마시고 들어왔다
굴속같은 집에서 아내 혼자
해바라기씨를 까먹으며 껍질 끼었는지
잇몸 오물거려 혓바닥으로 밀어내고 있다
한마디 건네자 기다렸다는 듯
잘 갈린 소리 날을 세워 단박에 베어버린다
싯詩감 찾으러 다니다 너무 늦었다며
베어진 몇 마디를 주섬주섬 들어 올려보았지만
설거지하면서 훌쩍거리다
거실에 놓인 쌀포대나 옮겨놓으라 한다
번쩍 들어 쿵쿵쿵 쌀독에 쏟아붓고
귀때기를 잔뜩 움켜쥐는데
한쪽 귀가 툭하고 떨어진다
하는 짓거리 하고는
왜 붕대라도 감아주시지
털북숭이 사내가 쌀독을 앞에 두고
죽은 듯 굳어 있다

골목 수행

달려든 개를 치고
골목 수행 시작하였다

담벼락에 부릅뜬 사천왕상 피해
가판대가 서 있는 곳에서
버스 기다리는 옆집 가장을 만났다

삐져나온 코털도 의심하지 않으나
골똘하게 바라보는 것은
일종의 습관이라는 것을 알고
담배에 불을 붙였다

골목에서 골목까지
담뱃재처럼 눈발 날리고
또 한 마리 유기견이 꼬리 흔들며
무단 횡단을 하고 있다

입춘

곤지 찌고 오셔요

색동옷 입고 꽃가마로 오셔요

밤 깊은 갈래길 따라 찬비 맞으며 오시는 임

한 송이 꽃들고 오셔요

오래 인적 끊긴 빈 들 지나

흐린 하늘 아래

댕기 풀고 오셔요

흰옷 입고 땅을 차며 오셔요

개나리

짧은 치마 아가씨 어쩌나
진눈깨비 날리는데

아무것도 걸치지 않은
빈 가지 어쩌나

담장 아래 서성이며 몸 부르르 떠는
노랑머리 아가씨

엄마 구두 몰래 신고
바닥까지 끌리는 가방은 메고

오래된 서적

누더기가 다 된 서적 들고 여기까지 왔습니다

평생 이 서적 한 권 읽으며 살았습니다

수천수만 번 읽은 서적이지만, 아직도

어려운 문장 만나면 얼굴 붉히기도 합니다

가끔 있는 일입니다

갯섬

갯섬은 무릎까지 걷고 노을 속을 지난다 간밤 사리 물 때 심했는지 물자국 선명하다

서천 간 둘째는 밥이나 굶지 않는지, 무릎 깨며 세워 둔 김발도 주저앉아 빚만 늘었다는데, 기름 덩어리는 다 걷어냈는지, 그러다 몸만 상하는 것 아닌지

앉았다 일어설 적마다 관절에서 물살 부러지는 소리 들리고 지게 짚던 뻘밭으로 무릎자국 움푹하다

발들 까맣게 그을린 부리 긴 새가 빠른 소리 지르며 먼 바다로 날아간다

봉숭아

아직도 있을까 몰라
눈이 곱던 그 여자
대흥동 주점 골목 두루치기집
쓸쓸한 백열등은
붉게 웃고 있을까 몰라
가을비 젖어드는 사내들
젓갈 장단 흐드러지다
가슴 깊숙이
지폐 한 장 찔러주면
베시시 파고들던 그 여자
부서진 문살에 얼굴 묻고
봉숭아 꽃물보다
더 진한 슬픔 왔다며
가늘게 떨던 그 여자
아직 울 밑에 쪼그리고 앉아
기다리고 있을까 몰라

꽃밭에서

예쁜 꽃들이 모여 앉아 재잘거린다

검댕 까맣게 묻어나는 골목에
아무렇게 피어 있는 꽃들이다

코 막은 사람들은 쉽게 지나치지만
저희는 저희끼리 검댕 닦아내며
제법 바람에 날릴 줄 안다

예솔이 은지 지영이

이름도 고운 꽃들이
언제 뜯길지 모르는 무허가 꽃밭에서
재잘재잘 비를 맞는다

반성

늦은 밤 술 취해 시 쓰는 친구에게 전화하였더니 다시는 이런 전화하지 말라며 끊어버린다 친구가 보고 싶어도 목소리라도 들으며 훌쩍거리고 싶어도 곤하게 잠든 친구에게 전화하면 안 된다

메타스퀘어 밑동 부여잡고 게우는 사람 보고 모르는 척 지나가면 되겠나 등이라도 두드리며 무슨일로 이렇게 취했느냐 묻다 포장마차라도 데리고 들어가 함께 울어줄 수 없었나

이른 아침 집으로 돌아와 외투도 벗지 못하고 쓰러져 있다 황태집 해장술에 취하는 일 있어서는 안 된다 어젯밤 무슨 짓 했는지 기억 하나도 나지 않는데 친구가 찾아와 왜 사느냐 자꾸 따져 묻는 겨울날 아침

문어

바다를 짊어지고 들어온 날 밤 내 몸에는 문어가 산다 방안은 온통 땀범벅이고 해초 자라고 파도 일렁인다

문어잡이 배 들어왔었나 늙은 선장이 돌아오는 날이면 불은 대낮처럼 밝고 마루며 마당에서 통발 정리하느라 모두 긴장하였다

내일 먼 바다를 다녀와야 한다 풍랑 거세지고 눈보라 심하다는 예보다 벌써 등짝 뻐근해지고 허리 시큰해진다 어떡하나

어떡하나 망설이다 다시 먹물 갈아 끼워 넣는 밤 나를 짓누르는 바다는 등딱지에 달라붙어 도무지 떨어질 생각을 하지 않는다

외면

분가한 여러 해 동안 집에 들러 마당 한 번 쓸지 않고 도망치듯 빠져나왔다

늦가을 해넘이 길게 꽁지 빼어 물고 정짓문 들어설 때 어딜 급하게 나설 모양으로 외투 깃 털었다

그럴 때마다 엄니는 안쓰러운 듯 옷소매로 눈물 찍어내고 딱히 갈 곳도 정해져 있지 않은 지명 읊조리면 구두코는 나를 빤히 올려보았다

몇 해를 떠돌다 마당 들어서면 가랑잎은 절굿대 옆에 옹송그리고 앉아 흘낏 한 번 쳐다볼 뿐 잘 따르던 개도 본체만체 하였다

천국포목 개업식

퇴직금 주식 투자하고 석 달 만에 깡통 계좌 찬 친구 개업식을 물어물어 찾아갔다 친구가 악수 청하며 재래 시장 뒷골목에 자투리 방 계약하게 되었다고 실없이 웃었다

꽃무늬 벽지가 새롭게 도배된 천정을 타고 내려온 백열등 아래에서 돼지 껍데기 볶으며 잔 기울였다 아무리 어려워도 하필 수의壽衣 팔아먹고 살 생각을 했느냐는 말에 제주祭酒 같던 친구의 붉은 얼굴이 백열등 아래에 흔들렸다 오죽하면 수의壽衣까지 왔겠느냐며 못내 서운한 표정을 짓는데 밖에 눈물로 누빈 수의壽衣인 듯 눈발 날렸다

홑겹의 군청색 점퍼 입은 낯모를 사내가 찾아왔다 까칠까칠한 턱수염에 깡마른 체구를 바라보며 멋쩍게 웃었다

웃지 마시고 오늘 주최자가 누구요 개업은 하는디
개업식은 아니지이 수의壽衣 집 개업은 먹고 살려는 거
니까 어쩔 수 없다는 상인회장과 엄니 살아생전 옷 한
벌 해드리지 못한 게 한이 되었다는 친구의 언성이 뒤
범벅되는 동안 사람들이 모여들기 시작했다

　눈발은 거세 바람 불 적마다 이리저리 몰려다니다
상장喪杖 하나씩 지닌 채 푹푹 쌓이는 듯했다

　가게 나서며 담배를 빼어 물었다 나는 왜 이런 데만
쫓아다니며 지청구 들어야 하나 서글픈 몸 흔들어 수
의壽衣같은 눈발 털어내는데 멀리 친구가 부르는 소리
들렸다 와줘서 고마우이

　그랴아 많이 팔어, 아니…

황혼

바람벽 기대어 바라보는

서리 묻은 햇살의 스산함

황망히 빠져나가는 당신 슬픔

나는 알고 있지

세상에서 서서히 잊혀지고

죽어가는 신경 일으켜 세워

세월 짚어봐도

손가락 사이 빠져나가는 것이

노을이라는 것을

그것이 황혼이라는 것을

수덕사

너댓 살 먹어 뵈는 아이가

대웅전으로 달려가 불공드린다

두 손 가지런히 펴 보인다

많이 해본 솜씨다

저 나이에 인생무상人生無常 아닐 테고

극락왕생極樂往生 더더욱 아닐 테고

가을 햇살이 사리도 사욕도 없이

쓸쓸히 부서지는 경내

저녁 공양으로 바쁘게 뛰는

비구니 뒷모습

당산나무 가지에 휘영청 밝다

수덕사 충청남도 예산군 덕산면 수덕사안길 79. 덕산온천 근처에 솟은 차령
산맥 덕숭산(495m) 남쪽 자락에 위치한 사찰.

문상

달은 하늘을 설경 베어 물고 서쪽으로 날아갔다

유리 조각 씹어 뱉듯 바람은 살갗 도려내고

가시 억센 대추나무에 눈물 흘렀다

적막도 가라앉은 초승이었다

가을날

개밥그릇에 담긴 햇살이 맘껏 찌그러지는 가을날이다

볏가리 걷힌 논바닥 굵은 주름이 매운 연기 빼어 무는
가을날이다

지팡이 짚고도 코가 땅에 닿을 듯 산허리 꺾여 뜰팡에
서성대는 가을날이다

노을 한 자락 베어 물고 날아가는 기러기 떼

뜰팡 문지방너머 댓돌 바로 아래 공터. '뜰'의 충청, 전라, 강원 방언.

귀신이 온다

가래울(본문 191쪽) 충남 대덕군 동면 추동리 중추마을

우무팅이 산 아래로 경계 이루며 움푹 파인 곳을 어른들은 고려장이라 불렀다. 고려장 옆 쪽문 집이 개터래기네였고, 아랫집이 이끼네, 도랑 건너 애기무덤집이 밤장수네, 샘앝집이 옥시기네, 큰길집이 땅개네, 그리고 사루비아집 정감태기네가 가래울 유일의 주막이었는데, 정씨 아저씨가 간경화로 일찍 세상을 뜨자 영감처럼 뒷짐 지기 좋아하는 정감태기 엄니가 시궈 터진 열무김치와 꼭다리 비틀어진 고추만 내놓고도 상다리 두드리는 소리가 해나무팅이 우리 집까지 훤하게 들렸다.

*

가래울은 전기 들어오지 않는 오지마을이었다. 그래서 정짓간 한쪽에는 양초가 토막귀신처럼 서 있었고,

송판을 잇대 만든 정짓문은 온갖 귀신 울음을 흉내 내며 밤새껏 자지러졌다. 내가 귀신을 처음 본 것은 아홉 살 무렵이었는데, 정월 대보름 전날 저녁이었다.

그날은 우리 집에서 제일 크게 모시는 기제사 있는 날이라서 마당은 세 번 쓸어야 했고, 큰 소리로 웃거나 싸움을 하면 안 되었고, 엄니 따라 장터까지 내려가 시루팥떡을 쪄 와야 했다. 제사는 언제나 자정에 모셨는데 저녁 숟가락 놓자마자 개터래기 땅개 정감태기가 여지없이 찾아왔다. 정월 바람은 얇게 저민 강 얼음이 닿는 곳마다 한 움큼씩 베어 무는 면도날처럼 맵고 차가웠다. 우리는 동구나무 둥치에 묶여 있는 오방색 금줄처럼 하나둘 모여 방패연 가오리연 물고기연 띄우고 불깡통으로 펀던까지 날리다 돌아가곤 하였다.

내가 띄우던 물고기연이 밤실 미루나무만큼 오르다 꼬리가 잘려 빙그르르 돌더니 논바닥에 내리 꽂혔다. 모두 돌아가고 간간히 불깡통만 도깨비불처럼 허공을 가를 뿐이어서 나는 물고기연 살려야겠다는 일념으로 한참을 걸어 붉은 바위 둠벙까지 갔다. 둠벙은 유리창처럼 얼어붙어 있었는데 저쪽 끝 버드나무 사이로 어떤 물체가 손짓하듯 흔들리고 있었다. 자세히 보니 검은색 옷을 걸쳤는데, 긴 포대자루를 뒤집어 쓴 듯 발은 보이지 않았고 산발한 머리카락을 끌고 내게로 왔다. 나는 다 죽어가는 목소리로 누구세요 묻고는 따라오라 손짓하는 그를 따라 무작정 산길 올랐다. 양짓말 지나 성미 죽말까지는 익숙한 길이었으나 불당골 들어서면서부터 분간할 수 없을 정도의 캄캄한 노간주나무 숲길이라서 계곡을 끼고 따라 갔다. 포대자루를 뒤집어 쓴 사람이 아무 말 없이 옆에 바짝 붙어 왔는데 걸을 때마다 생선비린내가 진동을 했다. 나는 계곡으로 내려가 몇 번 구역질을 하고 일어서면서 겨울인데도 왜 이렇게 땀이 흐르는 것일까 내가 살리려던 물고기연은 어디에 있고 여기는 어디쯤일까 생각하면서 치알바위 암자에 들어가 바위틈으로 흐르는 약수를 한 모금 마셨다. 인기척 느끼셨는지 늙은 비구스님 나오시어 이 밤에 어린애 혼자 천개동은 어떻게 왔느냐 묻기에 물고기연 살리려고 갔다가 이 아저씨 따라 여기까지 왔다 하자, 급히 방으로 들어가 소금 한주먹 쥐고 나와 무어라 중얼거리며 앞자락에 세게 뿌리고 잠시 쉬었다 내려가자 하셨다. 비구스님 걷는 대로 발맞추어 따라 걷는데 약수터 아래 명과나무 돌무덤 사이에 지팡이 하나가 가지런히 놓여 있었다.

*

천개동은 계족산성 아래 위치한 조그만 마을인데, 한국전쟁 때 북측으로 가지 못하고 칠십여 년이 지난 지금까지 눌러 사는 실향민 집단 거주지이다.

깊은 산속에 20여 호가 띄엄띄엄 가구를 이루고 사는 천개동 실향민들은, 사회책에서나 보았던 희귀 원주민처럼 주식이 감자였고 밭에는 옥수수나 조 그리고 수수를 키우며 살아가고 있었다. 그들은 먹을 것 없는 겨울날이면 가래울까지 내려와 밥을 얻어 갔고, 조붓한 산길을 삽과 괭이로만 몇 해에 걸쳐 트럭 지나갈 정도의 길을 낸 강한 사람들이다.

가래울 어른들은 눈만 뜨면 머리에 뿔 달리고 가시방망이를 든 빨갱이 사는 곳이 천개동이니, 잡혀가지 않으려면 절대 들어가서는 안 되는 곳이라는 말씀을, 언제 어느 곳에서나 누구라 할 것 없이 귀가 곪도록 하시었다. 도갓집 빠루 아저씨는 산 하나만 넘으면 바로 알래스카이고 또 하나 넘으면 블라디보스토크. 그리고 가뭄에 거북등처럼 갈라진 논바닥 지나 내탑 강 헤엄쳐 건너다보이는 고리산 아래가 상하이라 하셨으니, 가래울은 세상의 중심이고 모든 것은 가래울을 통해야 하는 것이고 그 장엄한 곳에서 나는 살아가고 있는 것이구나 생각하였다.

한창 호기심 많은 국민학교 5학년 겨울방학 때였다. 땅개 개터래기 이끼 뼤깽이 그리고 나는, 내일 아침 일찍 천개동 들어가 보기로 작정하고 아침밥 먹자마자 동구나무 아래에서 만나기로 하였다. 내일 어쩌면 가족들과 영영 헤어져 만나지 못할지도 모른다는 생각에 갈까? 말까? 가도 괜찮을까? 갔다가 정말 잡혀 가면 어쩌지? 잠이 오지 않았다. 몇 번이고 자다 깨다 뒤척이다 눈 뜨자마자 미닫이 열어보니, 베어 갈 듯 싸늘한 한기가 밀려들었고 마당 가득하게 눈이 쌓여 있었다. 먹는 둥 마는 둥 몇 숟가락 뜨고 엄니한테만 형들 칡뿌리 캐러 가는 데 따라가기로 했다 거짓말로 둘러 붙인 후 우리는 신말미 상여 집으로 숨어들었다. 나보다 두 살 더 많은 개터래기가 왕초가 되어 그의 손짓 발짓 홀쩍거리는 콧물소리까지 따라 하며 무기를 하나씩 챙겼다.

무기라 해보았자 산토끼 한 마리 잡을 수 없는 가느다란 명아주 지팡이였는데, 눈길에 미끄러질까 봐 바닥 디딜 수 있는 용도로 사용하기에 좋았다. 우리는 소나무 전나무 노간주나무 빼곡한 계족산 향하여 푹푹 흘날리는 눈발처럼 전진하기 시작했다.

동담티 고갯마루에서 바라보니 천개동이 한눈에 들어왔다. 과연 사회책에서나 보았던 '괴뢰도당' 사람들이 사는 마을임에 틀림없었다. 말라비틀어진 옥수수대궁과 띄엄띄엄 보이는 집들, 그리고 모두 협동농장으로 끌려갔는지 지나가는 사람 한 명 없이 적막하기까지 하였다. 우리는 정말 머리에 뿔 달려 있고 가시방망이를 든 사람들이 사는지 확인해보기 위해 쉬쉬 거리면서 수수깡 집 방문을 지긋이 열어보았다. 울 엄니 아버지와 똑같은 사람 두 분이 대낮인데도 호롱불처럼 흔들리며 감자 껍질을 벗기다 어떤 녀석들이 말도 없이 남의 집 들어와 문을 여는 것이냐며 우리와 똑같은 말로 벌컥 화를 내셨다. 우리는 모두 꼼짝없이 잡혀 해가 목매바위에 걸칠 때까지 마른 옥수수 한 자루씩을 까고 나서야 풀려날 수 있었다.

*

남정이랬자 아버지와 나뿐인 우리 집에서 엄니는 남정들이 정짓간 들어오는 것 아니라며 금기시하셨다. 장작이라도 몇 개 안아다 놓으려면 화를 내시면서 얼씬하지 못하게 하였다.

그러던 열세 살 무렵 딸기 수확 한창이던 봄, 바람이 아래에서 위로 불던 날이었다. 비닐하우스가 정감태기 엄니 헤진 치맛자락으로 휘날리고 앞이 보이지 않을 정도로 황사가 짙었다. 엄니와 아버지는 새벽마다 고무 다라이 몇 개 이고 이슬처럼 딸기 밭으로 가셨다. 정짓간 궁금했던 나는 문턱에 기대 앉아 어둠 내리면 엄니가 정안수 떠놓고 치성 올리던 대밭에서 시작한 바람이 굳게 닫힌 정짓문 사이로 빠져나가며 부르는 영혼의 소리를 들었다. 그것을 엄니는 정짓간 검은 솥이 우는 소리고 천경天經의 조기 울음소리라고 말씀하셨다.

삐깽이 형 말대가리 형이 입대한지 1년 만에 탈영하여 잡으러 왔다는 헌병들이, 군화도 벗지 않고 우리 집 봉당마루를 쿵쿵거리며 담벼락 아래까지 며칠을 뒤지

고 다녔다. 철모를 쓰고 총을 메고 왼팔에 헌병이라고
쓴 완장을 찼는데, 하나같이 무뚝뚝했고 표정이 없었
으며 험상궂은 인상이었다. 가래울 천재라 불리며 명
문 고등학교를 나와 대학생 때 사귀던 여자 친구가 혼
인한다는 소식 듣고 탈영했다는 말 무성하다 가시나무
골 소나무 가지에서 찾아내고서야 쩡쩡 울던 강울음이
그쳤다. 그 날부터 엄니는 정짓간 문 걸쇠를 나무에서
철제로 바꾸어 달고 단속을 더욱 철저히 하셨다.

　　나는 오늘같이 아무도 없는 날 정짓간 들어가지 못
하면 혼인하고서도 영영 들어갈 수 없을 것만 같아, 손
닿지 않는 걸쇠를 헛간 세워둔 지게 작대기를 이용해
밀어 올리고 들어가, 살강 아래 흰 토막 여러 개가 반짝
이는 것 보고 온몸에 소름이 돋았다. 그것은 마치 팔다
리 자르고 몸통만 세워둔 토막귀신 같은 것 들이었다.
접시마다 두껍게 쌓인 촛농들이 마치 종유석 석순처럼
온갖 형상으로 제각각 굳어 있었는데, 엄니가 열어젖
힌 정짓문으로 수만 마리 박쥐 떼가 후우 하고 불어낸
욕설처럼 일제히 뿜어져 날아갔다.

*

겨울이면 엄니는 뒤란 장독대에서 된장 익는 소리 때문에 잠이 오지 않는다 하셨다. 내 귀에는 폭설 데리고 마당 휘도는 바람 소리와 바람이 넘긴 쇠스랑 소리와 식장산 쪽에서 간간히 들려오는 양은 솥 굴러가는 소리가 들릴 뿐이었다.

같은 반인 이끼는 나보다 한 살 위였는데 공부를 잘 하였다. 이끼네 집은 마당에 키 큰 개가죽나무 두 그루가 서 있고 붉은 양철 대문 집이었지만 항상 굳게 닫혀 있었다. 이끼를 만나려면 대문 앞에서 한참을 서성거리다 누구라도 나와야 부탁해서 간신히 만나야 했다. 나는 이끼네 굳게 닫힌 대문이 싫었고 개가죽나무 앞에 개가죽나무라 써놓은 팻말이 나한테 쏘아붙이는 욕설 같아 싫었다. 이끼는 공군사관학교 졸업하고 비행기 타는 것이 꿈이었다. 이끼는 나한테 잘 보이면 다음에 공짜로 태워주겠다는 말 자주하였으나 나는 이끼를 형이라 부르지는 않았고 중학교 때도 같은 반 되었으면 좋겠다고 말하였다.

이끼가 중학교 그만두고 외삼촌이 운영하는 연탄공장 취직한다는 말 듣고 너럭바위에서 처음으로 술을 마셨다. 중학교 2학년인 우리는 정감태기 불러내어 엄니 몰래 막걸리 한 주전자 가지고 너럭바위로 오라 하였다. 이끼는 연좌제 때문에 학교를 그만두고 외삼촌 하시는 일 돕기로 했다고 하였다. 나는 연좌제라는 말을 처음 듣기 때문에 무슨 말인지 모르겠다 하니, 무슨 죄를 지으면 일가친척이나 그 사람과 일정한 관계에 있는 사람까지 함께 책임을 지고 벌을 받게 하는 것이라며 자기는 공부해봤자 아무 곳에도 쓸모없다 하였다.

여기에서 골령골이라 이름 붙여진, 세상에서 가장 긴 무덤까지 가려면 식장산까지만 가면 된다. 11월 밤 비 소리 듣고 있으면 건너고 싶지 않은 강 건너려 노 젓는 이끼 할아버지 나룻배 소리로 정짓문이 밤새도록 찌걱거렸고, 가슴 쥐어뜯으며 속으로만 흐느껴 우는 이끼 할머니 녹아내리는 뼈마디 소리가 완행열차 레일 밟는 소리로 숨이 넘어갔다. 이끼 할아버지가 보도연맹원으로 끌려가고 남은 남정들이라고는, 여남은 살 먹은 어린 것들과 처마 밑에 쪼그리고 앉아 반듯하게 오린 신문지에 봉초 말아 피우며 고드름 같은 턱수염 쓸어내리는 땅개 할아버지뿐이었다고, 핏골 사는 촉새 아저씨가 서쪽 하늘 바라보며 입술 바르르 떨었다.

*

이끼가 연좌제에 걸려 중학교도 제대로 나오지 못한 결정적 이유는 작은아버지 때문이었다. 한국전쟁 당시 억울하게 죽은 할아버지 원한 풀어보겠다며 인민군에 자진 입대하여 총을 지급 받은 작은아버지는, 일제 강점기 때부터 지주 노릇 톡톡히 하며 가래울 사람들 괴롭혀 온 강씨네 박씨네 구씨네 일가족 몰살시키고 도망친 후, 지금까지도 쉬쉬거리는 하늘이 노할 일 때문이었다. 개터래기 오촌 빠꾸 아저씨는 50여 호 살던 마을의 평화가 전쟁이라는 폭력으로 뿔뿔이 흩어지고 혹독한 겨울이 네 번째 찾아온 날이었단다. 정월 추위가 한 달 내내 계속되어 강물이 얼어붙어 오도 가도 못한 이들만 남아 흙 파먹고 살던 사람들이 개터래기네 이끼네 밤장수네 옥시기네 땅개네 정감태기네 해나무텅이 우리 집이었고, 흩어져 살던 사람들이 개대가리 산과 닭발 산 따라 유빙처럼 입김 허옇게 물고 들어와 다시 짐을 풀어 놓은 곳이 지금의 가래울이라며 나만 보면 혀가 꼬부라졌다.

어릴 적 가래울에는 귀신이 많았다. 지금은 내 몸에

붙어 떨어지지 않는 귀신 이야기를 받아 적으며 살아가고 있지만, 굴 바위 앉아 소나무 바라보고 있으면 무슨 말이라도 하려는 듯 오물오물 뱉어내는 시詩 같다. 나는 시를 잘 쓸 줄 모른다. 대학에서 시 쓰는 법 배우지 못한 탓에 내 안에 든 귀신들 울고 웃는 소리를 어르고 달래며 하루하루 버티고 있는 것이다. 오늘도 바지랑대며 변소며 부뚜막에서 맴돌던 귀신들이 나를 끌고 호수로 간다. 내 안의 또 다른 나를 증명하기 위해 나는 출렁거리는 물결의 방식대로 어디로든 떠나려, 분화되고 승화되어 취수탑 근처를 맴돈다. 그러면 그럴수록, 온갖 귀신들은 내 몸에 더욱 견고하게 달라붙어 며칠이고 밤낮없이 헤적거려 나를 갉아먹으며 뼛속까지 파고든다.

*

작약 꽃 자수가 놓인 치마 즐겨 입으셨던 엄니는 내가 태어나던 해 부소무늬 외삼촌께 부탁하여 작약 한 뿌리 얻어 화단에 심으셨단다. 꽃을 좋아하셨던 엄니는 이제 작약 필 즈음에나 찾아오시는 먼 나라에 계시지만, 고등학교 1학년 덩치만큼 커진 작약이 엄니 치맛단처럼 풍성하게 피었다 시든 오월 초순이었다. 이끼 할아버지가 영문도 모른 채 잡혀가 총살당해 묻힌 곳 알고 있다는 소문이 은미하게 들려왔다. 식장산 너머 골짜기 가면 비가 조금만 세게 몰아쳐도 여기저기 뼈마디 튀어나온다는 것이었는데 그곳에 여러 사람들과 함께 묻혀 있다는 것이었다. 궁금했던 나는 집이 산내인 같은 반 친구 근수에게 부탁하여 이끼와 함께 골짜기 들어가 보기로 하였다.

매주 토요일은 교련시간 밖에 없는 날이어서 교련복을 입고 등교하곤 했는데, 학교 파한 후 우리는 곧장 골짜기로 들어갔다. 동네 사람인 듯 한 노인 한분이 밭에서 일을 하고 계셨다. 근수가 아는 척하며 인사드리자 귀가 어두우신지 아무 말 없이 괭이질만 하셨다. 저 분 아버지도 여기에서 억울하게 돌아가신 후 귀를 잃으셨다며 근수가 작은 소리로 말했다. 학살된 사람들이 묻혀 있을 것이라고는 상상할 수 없을 정도로 밭은 평화로웠고 컴컴한 소나무 숲에서는 나를 부르는 듯 휘파람 소리를 내며 우는 새 소리가 적막을 깼다. 우리는 그곳에서 아무것도 찾지 못하고 가시덤불로 가려진 계곡만 바라보고 왔지만, 그곳이 1950년 군경에 의해 희생된 민간인 학살 암매장지라는 것은 삼십여 년이 지난

다음에야 발굴되고, 평화공원이라는 이름으로 합동위령제를 지내고는 있지만 오두막 벽에 걸린 발굴 당시 사진만이 바람 불 때마다 바르르 떤다.

나는 산세가 용처럼 생겨 곤룡재라 부른다는 골짜기 다녀 온 후 내 정체성에 관해 많은 혼란을 가져왔다. 실향민 집단 거주지인 천개동이 그랬고, 부마항쟁이 그랬고, 제주 4·3항쟁이 그랬고, 영천 민간인 학살이 그랬고, 경산 코발트광산 학살이 그랬고, 5·18 광주 민주화 운동의 충격은 좀처럼 가시지 않았다. 하나의 섬이 되어버린 광주를 적으로 간주하여 완전무장한 군인들이 시민들에게 무차별 난사하는 장면을 뉴스로 보며, 나는 사람을 멀리하는 버릇이 생겼다. 내 안의 또 다른 내가 있어 하라는 것보다 하지 말라는 음성이 사람들 모여 있는 장소에 가면 환청처럼 들렸다. 나는 말을 잊은 사람처럼 사람 많은 곳을 피했고 부득이한 경우라면 되도록 말을 삼가고 듣는 것에 몰두하였다. 그것이 나를 위로하는 최소한의 방식이었다.

내 안의 또 다른 나와 싸우다 보니 예순 중반의 나이까지 왔다. 내가 젊었던 날 엄니의 맑고 숭고한 이성理性이

잠시 동안 내 안의 나를 위로한 적도 있다. 엄니는 어떠한 상황에서라도 당신의 존재는 없었으며, 오직 나를 위한 믿음이 잘못된 습관처럼 편안해하셨다. 그럴 때마다 나는 항상 침묵으로 화답했다. 그것이 병이 되어 여자의 자리를 잃게 되고 아내의 자리를 잃게 되고 엄니의 자리를 잃게 된 것은 엄니 나이 쉰아홉의 일이었다.

　무엇이든 쓰지 않고는 견딜 수 없게 된 것은 그 무렵의 일이었다. 쓴다는 것에서 위로를 찾고 의지가 되어 대전의 문학판을 섭렵하기 시작했고, 동인 활동을 하며 동인지를 만들었고, 문학 단체에 가입하여 진보 문학의 가치를 입증하려 했으나 모두들 치기어린 몸짓에 불과하다는 것을 알게 될 무렵, 나는 숨통과도 같은 분을 운명처럼 만났다. 항상 따뜻하게 챙겨주는 스승 같으신 분 임우기 문학평론가였다. 시를 쓰고 싶었지만 막연함만 있었던 시절, 시 쓰는 방법보다 시인의 자세와 시를 대하는 태도를 더욱 중요시하였고, 분단 현실에서 이념의 차이가 분명한 북측 시인이라 하여 타이핑하여 돌아다니는 시 한 편만 가지고 있어도 불순 세력으로 몰려 잡혀가는 백석 시인의 시를 삐라처럼 보여주었다. 그리고 서울의 모 출판사 편집장으로 바쁜

와중에도 백석 시인의 시가 왜 조선 최고의 시가 되는지 「북방에서」와 「남신의주유동박시봉방」에 관해 두 시간 넘는 전화통화 시평은 아직도 기억에 생생하다. 이후 시간만 되면 대전으로 내려와 문학에 관한 특별한 강의를 하시곤 하였는데, 그때마다 나는 임우기 문학평론가의 탁월한 시평을 스펀지처럼 빨아들였다.

*

가래울에 커다란 호수가 생기면서 골목골목으로 짙은 안개가 몽환적으로 핀다. 아침저녁으로 한치 앞 분간할 수 없을 정도의 안개는 이내 명소가 되었고, 명절 전날 밤이면 삼십 년 전 죽었다는 밤장수 각시가 동구나무 버스 정류장 앞에 서성거렸고, 늙어진 귀신들 소식도 하나둘 봄눈처럼 들려왔다.

옥시기는 일본으로 건너가 지네귀신 되었다는 소식을 한절 귀롱나무한테서 들었다. 땅개는 홍콩에서 몇 년 살다 들어온 후 머리를 삼단같이 기른 채 빨간 원피스만 입고 심야 고층아파트 엘리베이터만 타고 새벽까지 오르내린다 하였고, 정감태기는 상엿집 헐어낸 자리에 허름한 굿 당 한 채 들이더니 생전 밖으로 나오지를 않는다 하였다. 이제 다 늙은 귀신들이 하나둘 가래울로 들어오고 있다. 오늘 저녁에는 고려장집 개터래기가 가래울 잠깐 들렀다 애미고개 넘어간다 하였다.

'母心의 모심' 속에 깃든 地靈의 노래

임우기(문학평론가)

"베까티 누구 오셨슈… 늬 아부지 오셨나 보다"(「동백」)

육근상 시인과 교유한 지 어느덧 40년이니 사람 나이로 치면 불혹이 가깝다. 시인의 단심과 의로움, 꼿꼿한 사람됨은 내가 겪어본 생애에 걸쳐 불혹 그대로이다. 그의 시 또한 사람됨과 같다.

근대화 이후 도시인들은 기약 없이 긴 타향살이 속에서 고향을 망각한다. 갈수록 고향을 지키던 토박이 말들이 사라지다 보니 고향의 지령은 오리무중이다. 지령의 사라짐은 여러 요인이 있지만, 이 땅의 교육 언론 문화 제도가 강제해온 표준어주의가 고향의 상실에 큰 몫을 해왔다. 근대화의 첨병인 표준어주의의 언어 정책은 오랜 세월 글쓰기를 '검열'하고 옥죄며, 고향 토박이말과 방언 등 자연어의 근원으로서 모어母語의 존재들이 대거 사라지는 결정적 계기였다. 문학이 지켜야 할 겨레의 기억과 고유한 정서가 실종의 위기에 닥친 것이다. 이 땅에서 근대의 폐해는 표준어주의 외에도 부지기수다.

오늘날 고향의 모어를 잃어버린 시인들은 삭막하고 반생명적인 대도시의 난잡한 소음이나 매연과 다름이 없는 언어들과 씨름을 한다. 하지만 시의 타락은 갈수록 악화일로다. 지난 세기 내내 서구 근대 시학이 만들어놓은 바와 같이, 시인이든 독자든, 좌익이든 우익이든, 리얼리즘이든 모더니즘이든 시를 대체로 현실이나 사물에 관한 의식의 상관성 또는 잘 짜인 언어의 구조성 속에서 이해해왔다. 이는 지난 한 세기 동안 시의 존재에 관한 일반 관념이라 할 수 있다.

오늘날 드물게나마 진실한 시인들은 표준어주의 따위는 일찌감치 벗어버리고 근대의 극복을 위한 새로운 '방언(시인의 '개인 방언')의 시학'을 탐구한다. 나아가 새 시대가 요하는 시 정신을 선취한 명민한 시인은 서구 근대가 빚은 좌우 이데올로기들 간의 심각한 대립과 갈등 상황을 타개하고 극복할 새로운 대안적 이념의 현실화 조짐을 능히 자각한다. 새로운 시학의 과제를 풀어가는 길에는 여러 갈래가 있을 터인즉, 무엇보다 자재연원自在淵源과 원시반본原始返本의 도道를 따르는 육근상의 시는 시사하는 바가 적지 않다.

'내 안의 신령으로서의 母心'

시집 『동백』의 앞쪽에 자리한 시 「해나무팅이」는 시인의 고향 옛집을 가리키는 관용적 표현으로서 고향 토박이 말이다. '해나무팅이'는 '마을의 볕이 잘 드는 구부러지거나 꺾어져 돌아간 자리'를 말한다(시인의 '방언 풀이'를 참고. 필자는 충청남도와 북도 간에 인접한 대전 변방, 옥천과 세천 등지의 주민들이 일상어로 흔히 쓰는 방언의 어미 형인 '~팅이'가 자주 입에 붙던 옛날을 기억한다). 이 '해나무팅이'는 표준어에 익숙한 사람들은 낯설고 그 의미를 알 수 없겠지만, 시인은 지금은 누구도 쓰지 않을 이 궁벽한 충청도 사투리를 애써 찾아 쓴 것이 아니다.

해나무팅이라는 곳은

다 헐 수 읎는 말 빈 마당 휘돌면
천장 내려온 먹구렝이 문지방 넘어
대숲 아래 똬리 틀고 있다는 거다

새벽밥 준비허던 엄니
투거리 들고 장 뜨러 나왔다
아덜아 오짠일여 언능 들어가자
아니다아니다 정짓간 들어가
주먹밥 쥐어주며 잽히면 안 된다
엄니는 암시랑토 않웅게 호따고니 넘어가그라
지푸재 새앙바위 뜬 그믐달인 거다

뒤안길 달음박질치다 넘어져
손톱 빠지고 이마빡 깨고
옆구리 터져 돌아와 보니
뚜껑이 개터래기 땅개 모르는 척이다
아무 말 허지 않는다
그슨새 지나간 자리 않고서야
숨죽이고 핀 꽃들 핀던 달려나갔겠는가
돌아보도 않고 피반령 넘어갔겠는가
                              —「해나무텅이」 전문

이 시에서 우선 주목할 것은 페르소나[話者]가 고향 집을 '해나무텅이'라고 부르고 있는 점이다.

시인이 이 낡은 옛말을 뒤덮고 있는 두꺼운 먼지를 털어내고 닦아 새로이 쓰는 노고를 아끼지 않는 까닭을 헤아려야 한다. 적어도 '개벽(다시 개벽)'의 시 정신을 구하고자 한다면, 오래된 토착어로서 방언과 사투리, 다시 말해 자연 지리 습속이 깊이 밴 '지령에 걸맞는 자연어'들을 수고와 정성을 들여 찾아야 하고 시인의 '개인 방언' 사전의 갈피 속에서 갈무리해두는 데에 그치지 않고, 끝내 '개인 방언'들을 자신만의 특유의 시학으로 승화시킬 수 있어야 한다. 그렇기 때문에 시인의 '개인 방언'인 '해나무텅이'는 '방언'의 사전적 범주에 머무르지 않는다. 이 말은 육근상의 시에서 '개인 방언'은 사전적 의미 범주를 넘어 시인 특유의 '방언의 시학' 속에서 이해될 수 있다는 의미다.

이 시에는 이른 새벽 고향 옛집의 정짓간 앞에서 엄니와 도피 중인 아들 사이의 짧은 만남과 이별이 나온다. 아들은 아마도 시국 사건과 연관된 듯이 시의 내면적 분위기는 어둡고 심상찮다. 화자가 전하는 아들의 은밀한 귀향이나 엄니와의 느닷없는 조우에 대해 아무런 전후 사정을 드러내지 않으니 궁금증이 들지만, 아들은 도피 중에 간신히 고향 집에 몰래 잠시 들른 정황만이 서술된다. "뒤안길 달음박질치다 넘어져/ 손톱 빠지고 이마빡 깨고/ 옆구리 터"지며 가까스로 고향 집에 "돌아와 보니/ 뚜껑이 개터래기 땅개 모르는 척이다/ 아무 말 허지 않는다". 다시 말해, '뚜껑이 개터래기 땅개'는 아들 친구들의 각자 별명들인데, 반정부적 시국 사건에 연루되었을 듯한 아들의 갑작스러운 귀향을 친구들은 "모른 척"하고 "아무 말 허지 않는다". 이 시의 내면에 드리운 어두운 분위기, 음기陰氣는 뒷부분에서도 이어진다.

시의 뒷부분인 "그슨새 지나간 자리 않고서야/ 숨죽이고 핀 꽃들 펀던 달려나갔겠는가/ 돌아보도 않고 피반령 넘어갔겠는가"를 보면, 악귀나 야차를 가리키는 방언 '그슨새'의 등장을 통해 아들과 엄니는 모순투성이와 온갖 부조리가 만연한 세상에서 핍박당하고 소외된 존재들임을 알게 된다. 물론 이 대목에서 가난과 고통을 견디고 살아가는 이 땅의 모든 가난한 인민들의 처지를 떠올리게 된다. 그렇다고 이 땅의 시골 사람들이 겪고 있는 수난의 삶을 이 시가 보여준다고 하는 것만으로 시의 해석이 끝난다면 이 시는 별 의미가 없게

된다. 이 시가 보여주는 내용들, 가령 모종의 시국사건
이나 세계의 모순과 부조리에만 초점을 맞추고 나면,
이 시는 수많은 '민중시'들이 이미 보여준 상투성 내지
허구성의 한계 안에서 맴돌다가 사라질 것이다.

　이 시가 지닌 시적 진실은 시인이 나름으로 깊은 수
심정기의 세월 끝에 얻은 '엄니'라는 방언으로 유비되
는 모심母心과, 모심의 모심[侍] 속에서 얻게 된 모어인
'방언'의 화용話用에서 찾아진다.

　그 방언의 화용을 잘 보여주는 예로서 다음 두 가지
를 들어보자. 먼저, 이 시에서 엄니[母]의 생생한 목소
리가 나오는 대목이 소중하다.

　　　새벽밥 준비허던 엄니

　　　투거리 들고 장 뜨러 나왔다

　　　아덜아 오짠일여 언능 들어가자

　　　아니다아니다 정짓간 들어가

　　　주먹밥 쥐어주며 잽히먼 안 된다

　　　엄니는 암시랑토 않응게 호따고니 넘어가그라

　　　지푸재 새앙바위 뜬 그믐달인 거다

　고향 집인 '해나무텅이'를 몰래 들어선 아들과 갑작

스레 마주친 '엄니'의 목소리, "아덜아 오짠일여 언능 들어가자 아니다아니다 (…) 잽히먼 안 된다 엄니는 암 시랑토 않응게 호따고니 넘어가그라" 이 '엄니'라는 방언도 시적 화자에게 어머니의 의미를 지시하기에 앞서, 의미를 확장하는 어떤 심혼의 울림이 마음에 번져오는 시어라 할 수 있다. 이는 엄니의 육성인 사투리 목소리가 시 속에서 '청각적 소리의 기화'가 일어남을 보여주는 특별한 시학적 현상이라 할 수 있다.

시인에게 '엄니'는 고향 옛집(투거리 들고 장 뜨러… 정짓간… 지푸재 새앙바위…)의 화신이요 모심의 표상이다. 고향 집의 표상이므로 당연히 방언 '엄니'가 나온 것이다. 엄니의 목소리가 시 속에서 기화한다는 것은, 고향 방언인 '엄니'는 '어머니'라는 세속적이고 사전적인 의미에 머물지 않고 시인의 시심에서 얼비치는 오염되지 않은 고향 지령의 화신 혹은 신령의 표현이란 점이 포함된 것이다.

엄니의 모심이 지령과 합일 상태이기 때문에, "새벽밥 준비허던 엄니"의 세속적 육성이 시 속에서 극劇 형식을 빌려 생생하게 살아나는 중에 아들이 연루된 모종의 사건은 자연스럽게 고향 집의 잊었던 여러 공간들과 고향 집 주변의 자연과 그 자연의 조화로운 기운과 한껏 어울려 기화한다.

그러므로, 방언 '엄니'가 품은 '모심'은 시인의 시심에 깃든 신령, 즉 '자기 안의 신령으로서 모심'이라 말할 수 있다. 그 시심에 내재하는 모심母心의 신령이 시 쓰기에 작용하는 근원적 힘이다. 그러므로 고향 집 모심이 시인 마음속의 지령과 다를 바 없다면, 모심의 기화는 천지조화의 능력과 같은 것이다. 이 모심과 지령이 하나로 어울리고 조화의 계기를 맞아 마침내 기화를 이루는 것이 육근상의 '방언 시'가 지닌 특성의 요체라 할 수 있다. 그리고 여기서 이 시 「해나무텅이」가 지닌 시적 진실이 드러난다. 이는 시인 육근상의 시가 찾아가는 지극한 모심은 고향의 지령과 다르지 않으며, 그의 시는 그 모심 또는 지령의 기화임을 여실히 보여준다.

이처럼 시인의 지극한 마음속, 곧 안의 신령함이 밖으로 기화하는 시어는 곳곳에서 찾아진다.

방금 말했듯이, 이 시에서 엄니의 대화체 육성이 나오는 극적 효과는 기억 속에서 불현듯이 나타나는 모심의 기화를 표현한다. 또한 '내유신령 외유기화' 관점에서 보면, 엄니의 사투리 육성이 지닌 생생한 현장성과 이질성의 소리 형식으로 인해 이 시엔 무가巫歌의 형식성이 은폐되어 있음이 유추될 수도 있다. 그 전통 무가 형식이 내포하는 다양한 형식성이 은폐됨에 따라 시의 내면적 형식성의 흔적들이 은밀하게 살아 있음이 느껴진다. 방언과 사투리의 구어투로 쓰인 육근상의 시 속에서 내밀한 산조散調 가락이 파편화된 소리의 마디들로서 들리는 듯한 것도 이와 무관하지 않다. 지극한 모심母心이 내는 목소리의 빙의憑依에 의해 다양한 토착어의 이름과 그 변화무쌍한 소리들은 각자 또는 더불어 어우러짐으로써 시에 신령스러운 기운을 불러오는 것이다.

다음으로 이 시에서 주목할 대목은, 시의 화자가 아들이 엄니를 만나고 다시 고향에서 멀리 피신하는 광경을 두고 "숨죽이고 핀 꽃들 펀던 달려나갔겠는가"라고 표현하는 구절이다. 이 시적 표현이 자연물의 상투적 표현으로서의 의인법에 머물지 않는, 예사롭지 않은 시적 상상력과 초감각을 감추고 있음을 새로이 이해하는 것이 필요하다.

고향에 계신 엄니는 아들의 귀향을 애타도록 기다리지만, 시의 화자는 이 엄니의 간절한 기운을 '숨죽이고 핀 꽃들'로서 표현한다. 이 표현은 의인법을 넘어서 해석되고 깊이 이해되어야 하는데 그것은 모심은 세속 현실에서의 '어머니'의 마음을 넘어 신령 혹은 지령 자체이기 때문이며, 이 모심이라는 신령이 시인의 시심을 움직이는 근원적 '묘처妙處'이기 때문이다. 이는 세상을 인간 이성의 영역에서 다다를 수 없는 마음[心]의 심층, 수심修心 끝에 접하는 신령함과 그 기운 속에서 이해될 수 있다. 시에서 세상의 악귀가 '그슨새'라는 방언으로 표현되고 있는 점도 시인의 신령한 세계관의 또 다른 표현이다. '그슨새'는 신령의 지평에서 보면 신령과 대립적 존재이다. 이는 육근상의 시심에는 합리적 이성과 물리적 감각이 닿기 힘든 신령[지령]의 세계와 그 초감각적 지평이 '시의 원천'을 이루고 있음을 암시한다. 따라서 '숨죽이고 핀 꽃들'은 그 존재 자체가 흔히 말하는 '인간(이성)중심주의' 관점에서 비유하는 의인법적 비유와는 다른 차원에서 이해되어야 한다. '숨죽이고 핀 꽃들'은 시인의 시심 속의 지령이 조화의 기운과 접함을 통해 드러난 표현이라 할 수 있다. 그렇기 때문에 실제로 육근상의 시에서 무당들이 등장하지만, 이는 단순히 시적 소재거리가 아니라 신령한 세계관의 반영으로 이해되어야 한다.

시인의 '신령한' 시심과 그 신령을 통해 바깥 세계와의 접령의 기운이 육근상 시의 상상력의 기본을 이룬다. '만신萬神의 세계관'은 은밀히 은폐되어 있다. 이는 소위 '서구 근대의 이성주의 시학'으로부터 '최령자(最靈者, 가장 신령한 존재로서 인간)'로서의 시인의 시 정신에서 나오는 것으로 이해될 수 있다. 고향의 '엄니'와 '꽃들'로서 표상된 모심母心의 신령과 바깥세상의 악령인 '그슨새'는 서로 반하는 존재들이지만, 세상은 '한울' 속의 저마다 신령한 존재들로 엮여 있다.

시혼이란 조화의 기운과 합치하려는 지극한 성심

이 시집을 통해 육근상 시심에서 모심母心의 모심[侍]의 원천을 엿보게 된다. 이미 말했듯이, 모심은 '엄니'가 지닌 시인의 사적인 의미에만 갇히지 않는다. 물론 육근상의 시에서 '엄니'는 사적 의미 영역에서 비롯된 방언이지만, 육근상 시인은 개인의 삶과 기억 속 엄니의 존재에서 '모심'이라는 신령한 존재를 접하는 데에로 나아간다. 시집 곳곳에서 시인의 시심은 엄니를 간절히 부르곤 하는데, 이는 지금은 부재하는 '엄니' 속에서 '근원적인 모심母心'°의 시혼을 부르는 것으로 해석될 수 있다. 이는 「화엄장작」 같은 시편에서도, 의미심장한 표현을 통해 드러난다.

한때 우리라는 말 민주라는 말 사랑이라는 말
더듬거려 밤 잊은 적 있다 저녁 어스름이면 강변
길 걸어 내일 기약한 적도 있다 청춘은 잔잔한
물결처럼 너그럽다거나 젊은 아낙 뽀얀 발목처
럼 가슴을 쿵쾅거리게 한다거나 이렇게 차가운
저녁 바람 부는 날 엄니 품처럼 따스하지 않았다

컴컴한 고향 집 들어와
엄니처럼 아궁이 앞에 앉아
송진 단단하게 굳은 장작 집어넣으니
혼찌검 내는 듯 타닥타닥 소리 지르며
훤하게 나를 밝힌다

시 「화엄장작」에 이르면 육근상 시에서 모심의 사유와 감성은 더 명료해지는 느낌이다. 굳이 시국을 말

○ 근원적 모심은 확장하면, 대문자로 표시되는 '위대한 어머니Mutter', '大地의 모신', 造化의 근원으로서 陰 등과 같은 의미 지평에서 연결될 수 있을 것이다.

하고 이 나라 민주주의 역사와 함께 명멸한 숱한 정치적 인간상들을 불러내지 않아도, 깨어 있는 누군들 역사의 뒤안길을 모르지 않다. 이 시는 "우리", "민주", "사랑"이란 말이 앞선 사회 참여의 시 의식에 대해 성찰하고 있음이 우선 눈에 뜬다. 하지만 중요한 것은 '현실 참여'에 대한 성찰은 이내 은폐되거나 사라진 채, '컴컴한 고향 집에 들어와' 아궁이 앞에서 불을 지피시는 '엄니'의 모습이 시인의 초상과 오버랩 된다는 것. 고향 옛집의 아궁이 앞에서 삶의 근원으로서의 모심母心을 자각하는 것이다. 이때 고향 집의 오래된 지령이 엄니의 모심과 다를 바 없다.

육근상 시에서 모심은 세속적 효를 넘어선다. 시인은 '엄니처럼' 고향 옛집 아궁이 앞에 앉아 있으니, "혼찌검 내는 듯" "훤하게 나를 밝힌다"는 시적 깨침에 다가선다. '혼찌검'은 엄니 혼령과 접령의 비유라 할 수 있다. 엄니 혼과의 접령이 시인의 시심 속에 잠재하는 모심의 모심이다. 이 모심의 모심은, 즉 '접령의 기운'은 시인의 수심정기가 필수적이다.

수운은 '시천주侍天主'의 '主'를 "주主라는 것은 존칭해서 부모와 같이 섬긴다는 것"(『동경대전』)이라고 손수 풀이하였으니, 세속적 삶 속에서 수행하는 시천주의 참뜻에 '모심母心의 모심[侍]'과의 깊은 연관성이 없을 수 없다. 시인은 세속 세계의 지난한 삶 속에서 '모심의 모심'을 통해, 곧 수심정기를 통해 시의 새로운 길[道]을 보게 된 것이다. 학습에 따른 관념이나 지식으로 엮인 제도권 시학 체계와는 아랑곳없이 시인의 고향 집의 살림을 도맡고 땅의 지령을 지켜온 가난한 엄니의 삶 속에서 거룩하고 위대한 모심母心을 깨닫고 이 모심의 모심을 통해 육근상 시인은 스스로 웅숭깊은 시의 경지를 연 것이다. 이 시에서도 자재연원과 원시반본이라는 개벽의 시 정신이 움트고 있음을 보게 된다.

이렇듯 육근상의 시집 『동백』에서 모심을 모시는 일이 시 쓰기의 원동력이다. 시 「꿀벌」은 그 '모심'의 경지를 '꿀벌의 비유'로서 보여준다.

엄니가 생을 다하여
사경 헤매고 있던 날
마당 가득하게 작약은 피었네

뜰팡에 벌통 몇 개 놓고
꿀 따곤 하셨는데

겨울날이면
늬덜두 목숨인디 먹구살으야지
아나 아나
벌통에 설탕물 부어주곤 하셨네

그러던 초파일이었을 것이네
보광사 연등이 마을 휘돌아
나처럼 흔들리던 저녁 무렵이었을 것이네
꿀벌은 엄니 보이지 않자
모두 날아가 버렸네

허리에 상복 무늬 하고
끝없이 걸어 나오던 꿀벌들
밀랍을 먹감나무 가지에 발라놓아도
영영 돌아오지 않았네

—「꿀벌」전문

   이성이니 분별지란 것도 시천주의 마음에서 보면 별
개의 한 부분에 불과한 것이다. 시천주의 마음은 미물
이나 돌, 바람, 구름에도 미치는 것이다. 인종人種이 내
세우는 분별지와는 동질이나 동류가 아닐 뿐이지, 공

부와 수련이 꾸준한 사람 마음에 만물은 실상으로서의 각자 마음을 비로소 내비친다. 시「꿀벌」에서 꿀벌은 끊임없는 부지런함의 상징이다. 달리 말하면, 시에서 꿀벌은 지성至誠의 화신이다. 육근상 시의 속내로 보면, 꿀벌의 성실성이야말로 무궁한 천지조화의 성실함과 합일을 이루는 시인의 시혼을 비유한다. 시혼이란 이 조화의 기운과 합치하려는 지극한 성심을 말함이다. '다시 개벽'의 시 쓰기란 이 지성의 마음 곧 수심정기의 노력과 무관하지 않을 터다.

옛 성현은 지극한 성심을 가리켜 귀신의 속성이라 하였으니, '시귀詩鬼'의 비유가 꿀벌이라는 해석도 무방하다. 타락한 세상은 땅의 영혼을 삶의 밖으로 내몬 지도 오래이건만 시인은 꿀벌의 존재에서 지극한 모심 母心을 보고 모심과 하나 된 시심을 깨닫게 된다.

시「꿀벌」에서도 육근상 시인의 시심은 엄니의 모심과 순수한 자연의 존재['꿀벌'이라는 侍天主의 존재]를 같게 여긴다. 가녀린 식물과 미물과 해, 달, 구름, 바람 등 조화의 기운과 능히 접속할 수 있는 지극한 모심의 시심에서는 '시천주'가 아닌 게 없다. 이와 같이 육근상의 시는 마음 안에 모셔진 모심의 작용에서 나온다.

母心의 모심[侍]에 깃든 귀신의 시

시인의 고향 사투리는 단순히 의미의 전달이라는 말의 기능과 효용을 넘어선다. 시인의 개인 방언 의식은 말소리signifiant의 자기 내력 ─ 자재연원의 소리 ─ 을 깊이 아우름으로써 고향 방언에 은닉된 '지령地靈'은 방언의 소리가 지닌 '청각적 지각'을 통해 기화한다. 가령, 지령의 존재는 제도적(공식적)인 행정구역상의 인위적 지명이 아니라, 오랜 세월 주민들의 입말로 전해온 고향 땅의 자연생활 풍속 속에서 지어진 지명이며 이 비인공적 토착어 지명들은 그 자체로 자신의 소리를 통해 지령의 소리를 은밀하게 불러온다. 지푸재, 피반령, 새챙이, 가래울, 사러리, 애개미, 방아실, 동담티, 부소무늬, 더퍼리, 비금, 죽말, 핏골 등등 육근상 시에 나오는 숱한 토착 지명들은 긴 세월을 거치는 동안 고향의 자연과 풍수, 지질이나 물산, 역사 생활 민속 그리고 주민의 애환을 지켜본 지령이 스스로 작명한 이름에 가깝다. 토착어 혹은 토속어 지명들은 지령의 기화氣化의 표현이다.

시인 육근상이 나고 자란 고향 주민들의 말투 가령, 힘아리(힘), 엥간히(어지간히), 베까티(바깥) 같은 사투리에서도 오랜 세월 고향 주민의 삶과 하나를 이룬 지령의 기화가 은미하게 전해온다. 뚜껑이, 개터래기, 땅개, 실비네, 삐깽이네, 멸구네, 살구네, 짜구 엄니, 누렁이, 부소무늬, 지푸재, 피반령, 아래무팅이, 우무팅이… 숱한 고유어나 고향에 인접한 수많은 충청도 방언투의 별명들도 지령의 존재감이 느껴지는 지기地氣의 환유들이라 해도 좋다. 이렇듯이 육근상의 시는 방언 및 사투리, 별명, 옛 지명 등 수 많은 토착어들로서 엮고 짜서 시의 안으로는 지령의 깃듦이 있고 밖으로는 천지조화의 기운과 소통한다.

바로 이런 까닭에 사람들은 설령 지령의 이름인 줄을 몰라도, 또 방언의 의미를 몰라도 그 '토박이 시인의 말'들이 정겹게 입에 붙고 토박이말의 지령[신령]에서 비롯되는 조화의 기운에 감응하게 된다.

육근상 시의 방언이 스스로 내는 '청각적聽覺的 소리'는 천지조화의 은밀한 소리를 닮아 있다. 자연의 소리를 품은 육근상의 '방언 시'는 시인의 시심과 천지 조화造化가 무애롭게 통하고 있음을 아래 시구는 보여준다.

새 소리도 바람 소리도 강물 소리도

나를 흔들어 깨우느라 일생 다 지나갔느니

—「벽화」중

  새 소리, 바람 소리, 강물 소리가 자연어인 방언 소리
와 하나를 이룬 육근상의 시는 마침내「가을」에서 천지
조화와 하나를 이룬 시의 도저한 경지를 드러낸다.
  세속적 인연으로 맺은 '엄니'에서 가없는 '모심'을
이어받고 이를 통해 천지인地天人의 통함을 본다. 이 조
화를 체득한 시는 그 자체가 천지인이 하나가 된 풍경
의 풍요다. '가을' 풍경의 풍요는 그 자체로 시귀가 가
만히 읊조리는 천진난만天眞爛漫의 경지이다.

    오목눈이 새 떼가 사철나무 담장 바짝 붙어 내
  려앉았다
    열부 단 같은 개터래기 엄니 꽁무니 따라오던
  검둥이가 컹 짖었다
    고추밭 들러 익은 고추 몇 개 따 평상에 널어
  놓았다
    목매 바위 넘던 노을이 강변까지 내려와 수줍
  은 듯 붉게 웃었다

해가 짧아졌고 도톰하게 영근 오가피 바람이
얼굴 스친다
　강아지풀이 밀려드는 졸음 견디지 못하고
　응달 앉아 대나무 쪼개고 있다
　바스락거리며 쏟아지는 햇살에 맨드라미가
길게 혀 물었다
　산그늘 내린 아욱밭에 귀 익은 풀벌레가 이명
처럼 운다
　담벼락 타고 오른 노각 바라보는데
　삐조리 감 하나 우엉밭으로 첨 하고 떨어진다
　　　　　　　　　　　　　　ー「가을」 전문

　「가을」은 천지인이 일관되게 통하여 때에 따라 순환
하고 마침 가을에 결실을 거두는 고향 풍경을 담담한
어조로 묘사한다. 그것은 거의 무위이화로 전개되는
천지간의 풍경이다. 가을 풍경은 무위자연의 천진난만
한 기운이 가득하니 더없이 풍요롭다. 가을 저물녘 기
운 볕 속에서 드러나는 하늘 땅 사람이 조화를 이룬 풍
경은 꾸밈없고 싱그럽기 그지없다. 천지조화의 기운이
요 자취이니 시를 접하는 마음은 이내 경건해진다.
　시 「봄눈」이 기막히다. 무위이화無爲而化에 능통한 시

귀詩鬼가 남길 법한 시적 상상력의 흔적들은 가히 자유분방이다. 이 경이로운 시편에서 시인의 안과 밖이 한 조화造化 속에 있음이 보인다. 의미가 사라진 여백들을 거느리며 조화의 기운 속에서 시의 내용과 형식은 둘이 아니다. 사라진 내용이 형식이 되고 형식의 사라짐(여백)에서 숨겨진 내용을 만난다. 그러므로 이 시는 안과 밖이 따로인 듯 둘이 아니다. 형식과 내용이 분리된 높은 벽을 훌쩍 넘어 시의 안팎이 따로 있는 듯이 서로 소통하는 조화의 기운은 홍겹기조차 하다.「봄눈」의 첫째부터 셋째 연을 보라.

　　벙거지 쓴 아이들 몰려와
　　지그린 문 두드린다

　　이것은 빠꾸 손자
　　조것은 개터래기 손녀
　　요것이 여울네 두지런가
　　베름빡 달라붙어 봄바람 타고
　　손 내밀어 문고리 잡아당기고
　　성황당 자리 맴돌다 솟아오른다

요놈들

요놈들

마당 한 바퀴 돌아

흩날린다

이 시 또한 거침없는 천지조화의 기운이 가득한데,
이는 「동백」에서도 이어진다.

천지인이 지기至氣의 조화 속에서 무애無碍롭다. 그렇
기에 육근상의 시에는 천진한 기운이 가득하다. 천지
조화의 기운과 통하는 시는 안과 밖이 불이不二다.

1

베까티 누구 오셨슈

잣나무 가지 흔드는 밤 언 강 건너 늬 아부지
오셨나 보다 흩날리는 눈발 바라보며 흐릿한 전
등불 바라보며 엄니는 타개진 바짓가랭이 꿰매
며 혼잣말이시다 틀니 빼어놓았는지 뜯어낸 실
밥 오물오물 머리에 얹고 방문 열어 먼 데서 오
시는 눈발 바라보다 덜그럭거리는 정짓문 바라
보다

동백은 칼바람 부는 밤 새끼를 낳았구나 울타
리 벌겋게 핏덩이 낳아놓았구나 아이구 장허다
장혀 쓰다듬어 바라보는 대청마루에 눈발도 잠
시 쉬어 간다

2

동담티 넘어가는 동짓날 밤 마른 눈 흩날린다
이 고개 넘으면 북에 식솔들 두고 내려와 홀로
지내는 노인 산다지 신세가 나와 같아서 산오리
몇 마리랑 손꼽아 기다리며 산다지 북청 얘기만
나와도 눈 반짝거려 이런 밤 우리 오마니는 국수
를 밀었어라우 눈길 밟으며 떠 오신 동치미 국물
에 국수 말아 끌어 올리먼 오마니 잔주름 같은
밤이 자글자글 깊어갔어라우 오마니 우리 오마
니 영영 오지 않는 아바이만 불렀어라우

베까티 누가 오셨슈

3

마른 눈 흩날리는 밤 누가 오신 듯 개가 짖는다

아버지 오셨다 간 듯 휘어지는 동백가지 컹컹

　　짖는다

—「동백」 전문

　'베까티'는 '바깥'의 충청도 사투리다. '베까티'는
그 토착어 소리의 존재가 지닌 청각적 작용이 소중하
다. 눈발 흩날리는 겨울밤에 엄니는 바느질하는 중에
도 '베까티' 소리에 민감히 반응한다. 이 지극한 엄니의
모심을 '베까티에 누구 오셨슈'라고 적는다. 부재하는
'아부지'를 기다리는 엄니의 혼잣말 "베까티 누구 오셨
슈… 늬 아부지 오셨나 보다"라는 사투리 어투는 이 시
의 깊은 속내를 드러낼 뿐아니라 육근상 시가 지닌 웅
숭깊은 특성을 함축하고 있다. 엄니의 마음과 아부지
로 상징되는 바깥세상은 나뉘어 있지만, 마음과 세상
이 곧 안과 밖이 둘이 아니다. 내 안의 지극한 마음이 바
깥세상과의 조화造化 곧 무위이화를 이루어 원만히 통
하는 것이다. 중요한 것은 바로 이때가 신통의 경지며
불이不二의 시가 태어나는 때라는 것. 이 지극한 모심母
心과 세속 세상과의 불이, 시의 안과 밖의 불이가 이루
어지는, '접령의 기화'의 존재가 '동백'이다.

'다시 개벽의 시학'으로 새로 보면, 「동백」이 이룬 시적 성취는 귀신의 경지이다. 시귀詩鬼가 생생하다. 이 시에서 들고나는 '귀신'의 경지를 올바로 알기 위해선 졸고 「문학예술의 '다시 개벽'」에서 아래 대목을 참고하면 도움이 될 것이다.

수운(水雲 崔濟愚)이 '기氣'를 풀이해놓기를, 성리학 또는 주자학의 '일기一氣'와는 차이성이 느껴지는 '지기至氣'라 고쳐 부르고 나서, "'지至'라는 것은 지극한 것이요, '기氣'라는 것은 허령이 창창하여 일에 간섭하지 아니함이 없고 일에 명령하지 아니함이 없으나, 그러나 모양이 있는 것 같으나 형상하기가 어렵고 들리는 듯하나 보기는 어려우니, 이것은 또한 혼원渾元한 한 기운이요(…)"(「논학문」)라고 풀이하여, 천지간 만물 만사에 "간섭하지 아니함이 없고 명령하지 아니함이 없음"을 강조한 것도 동학의 귀신이 유학(성리학 주자학)에서 말하는 귀신과는 차이가 있다 할 수 있습니다. 즉 기는 음양의 조화라던가 하는 천지 만물의 생성원리에 그치는 게 아니라, '기 안에 기 스스로 신의 성격을 내포'하는 것입니다. 그래서 동학에서는 일기라 하지 않고 '지기'라 합니다. 지기가 곧 하느님인 셈이지요.

사람의 마음이 개입하지 않는 천지 음양의 조화는 관념의 상像에 지나지 않습니다. 인심과 통하지 않는 귀신은 허깨비에 불과합니다. 그래서 동학의 귀신은 하느님이 인격으로 나타나(단군 신화에서 환웅천왕이 '잠시 사람으로 화化함, 곧 '가화假化'하였듯이!) 수운 선생한테 "내 마음이 네 마음이다… 귀신이란 것도 나이니라."라고 가르침(外有接靈之氣 內有降話之敎)을 내려준 것입니다.

유가의 귀신이 천지와 스스로 통하는 타고난 양능良能이라 한다면, 동학의 귀신은 천지와 통하는 양능이라는 관념적 객체에 그치지 않고, 수심정기를 통해 사람 마음이 하느님의 마음과 그 기운과 하나가 되는 지기至氣에 이름으로서 사실적 묘력을 지니는 것입니다. 이 수심정기의 수행을 통한 '나'의 주체됨의 상태, 곧 동학의 귀신관으로 보면, '나'라는 주체主體는 음양의 기운[氣]이 '주'가 되고 마음[心]은 '체'가 되어, 귀신은 본연의 능력인 조화에 작용하는 '주체'인 것입니다. 서구 유기체의 철학에서 보면 지기는 '무

규정적 힘'이며 귀신은 그 안팎에서 작용하는 신의 본성이라 할 수 있겠지요.

여기서 놓치지 말 것은, 하느님 말씀인 "내 마음이 네 마음이다. (…) 귀신이란 것도 나이니라"에는 사람 각각의 마음에 내재하는 귀신이면서 동시에 귀신은 천지 만물들의 각각에 내재하는 신령이라는 의미가 포함되어 있는 점입니다.

(…)

결국, 수운 선생의 '하느님 귀신'과의 접신('내 마음이 네 마음이니라') 상태는 수운의 마음에 지기 상태로서, 즉 마음과 지기가 일통一統 상태로서 '신과 사람의 합일'의 경지를 가리킵니다. '하느님 마음'과 수운의 마음 간에 서로 '틈이 없는 묘처'가 지기 상태의 시공간을 말하는 것이니, 이 '지기를 내 마음이 지금 속에서 앎'이 '지기금지至氣今至'요, 조화의 '현실적 계기'로서의 '귀신'의 존재와 그 묘용을 앎[知]입니다. 그러므로 귀신의 존재는 시천주를 통한 인신人神의 성격을 갖는 동시에, 천지조화를 주재하는 지기와 합슴하는 '본체이자 작용(體用)'으로서 '현실적 존재'입니다.

(…)

특히 조선 후기의 기일원론자 녹문(鹿門 任聖周)의 귀신론은 수운의 '하느님 귀신'이 지닌 기철학적 의미를 이해하는 데 도움을 줍니다. 18세기 조선의 성리학이 도달한 기일원론에서의 '귀신'은 음양 일기一氣의 양능良能이면서 '천지와 통하는 틈이 없는 묘처靈處로서의 본체와 그 작용(妙用) 능력'을 가리킵니다.(녹문 任聖周, 『鹿門集』) 이 '틈이 없는 묘처'로서 귀신의 체體와 용用을 이해하면, 하느님이 수운에게 '강화의 가르침 降話之敎'으로서 내린[降] "내 마음이 곧 네 마음이다… 귀신이란 것도 나니라."라는 하느님의 언명에 담긴 심오한 뜻을 어렴하게 됩니다. 이 동학의 귀신이 지닌 깊은 뜻을 유추하게 하는 또 하나의 가슴 절절한 예가 있는데, 그것은 수운이 순도하시기 직전에 제자인 해월(海月 崔時亨)에게 남긴 '옥중 유시'에서 찾아집니다.

1864년 봄 수운 선생이 좌도난정左道亂政의 죄목으로 순교하기 직전에 선생이 갇힌 감옥에 간신히 잠입한 충직한 제자 해월 최시형에게 전

한 이른바 '옥중유시獄中遺詩'에는 '하느님 귀신'이 내린 '강화의 가르침'(즉, '外有接靈之氣 內有降話之敎')을 깊이 이해하는 단서가, 마치 '은폐된 귀신'처럼, 은닉되어 있습니다. '순도시殉道詩'라고 명할 수 있는 이 '옥중 유시'는 아래와 같습니다.

등불이 물 위에 밝으매 틈이 없다 燈明水上無嫌隙
기둥이 마른 것 같으나 힘이 남아 있다 柱似枯形
力有餘
나는 천명에 순응하는 것이니 吾順受天命
너는 높이 날고 멀리 달려라. 汝高飛遠走

첫 행 "등불이 물 위에 밝으매 틈이 없다"라는 시구는, '천지와 통하는 틈이 없는 묘처'로서 '하느님의 본체'를 비유한 것이니, 이는 바로 '하느님 귀신'이 수운한테 '내린' "내 마음이 곧 네 마음이니라(吾心卽汝心也)"는 말씀(降話之敎)과 같은 뜻으로 해석될 수 있습니다. '하느님 마음'과 '수운 마음' 사이에 '틈이 없는 묘처'(즉 '본체')로서 '하나'로 합해지고 통하는 상태, 바로 이 상태가 지기요 시천주의 마음 상태입니다. 인신人

神의 상태인 것이죠. 거듭 말하거니와, 시천주의 인신 상태라는 뜻에는 유일신으로서 '하느님'이 아니라, 천지간 만물에 두루 내재하는 '만신'의 존재가 서로 이접離接하는 관계로서 무한히 연결되고 연관되어 있음을 함축하는 것입니다.

그 천심이 인심이 되어 천지인이 하나로 일통 一統한 마음 상태에서 비로소 귀신은 '묘처' 곧 '영처靈處'에서 어디든 '신적 존재'로서 드러나고 묘용을 발현하는 것입니다. (이 시구의 다음에 이어지는 "기둥이 마른 것 같으나 힘이 남아 있다"는 뜻도 '귀신의 묘용 묘력'으로 해석될 수 있습니다.)

그러하기에, 동학 창도의 직접적인 계기인 하느님과의 두 번째 접신에서 하느님의 가르침(降話之敎)인 "내 마음이 곧 네 마음이니라. 사람이 이를 어찌 알리오 천지는 알아도 귀신은 모르니. 귀신이라는 것도 나이니라."라는 언명은 엄중한 진리를 담은 천명天命이므로, 수운은 자진하여 순도하기 직전 감옥으로 간신히 숨어든 아끼는 제자 해월에게 이 천명을 웅혼하고 심오한 명구

名句에 담아 법통으로서 전수한 것입니다.°

지극한 마음의 경지, 곧 수심정기의 시 정신은 하느
님과 수운의 마음이 하나로 통하는 경지이므로 시인의
마음은 비로소 하느님[侍天主] 즉 천지와 '틈이 없는 묘
처요 영처'로서 불이 상태이다. 수운과 지극한 제자 해
월海月의 마음이 하나로 통하듯이, 엄니의 모심과 시인
의 마음이 불이인 경지로 통한다. 이 시에서 엄니의 마
음에서 '아부지'는 없는 있음이요 있는 없음이며 바깥
('베까티')은 엄니의 지극정성의 마음 안이다. 엄니의
마음은 밖이 안이고 안이 밖인 불이인 경지이며 이러
한 모심은 고스란히 시인의 시심이 된다. 모심과 시심
에 귀신이 불이의 작용을 하는 것이다. 이 불이의 귀신
이 어둡고 추운 겨울 한밤에 핀 '동백'으로 표상된다.
시인 육근상의 지극한 수심정기가 표상된 '동백'은 귀
신의 작용에 따라 '컹컹' 짖을 수 있는 초감각적 존재이
다. 보이지 않음이 보이고, 들리지 않음이 들리는 이 도
저한 '불이의 지각知覺'은 귀신의 작용에서 나온다. 시
의 끝 구절 "마른 눈 흩날리는 밤 누가 오신 듯 개가 짖
는다/ 아버지 오셨다 간 듯 휘어지는 동백가지 컹컹 짖

° 임우기,「문학예술의 '다시 개벽'」에서 인용.

는다"라는 '청각적 지각'의 경지는 바로 수운 동학에서의 '귀신의 경지'이다.

이처럼 「동백」에 들고나는 '귀신의 경지'를 보면, 이 시가 보여주는 의미 내용도 살펴야겠지만, 시에서 사투리의 '소리'가 일으키는 마음의 울림이 중요해진다. 이 '엄니'의 사투리 어투가 지닌 청각적 직핍성에 의해 시인의 마음에서 모심의 존재가 일어나 작용을 일으켜 어떤 시적 존재와 접하게 되니, 그것이 '동백'이다. 그러므로 이 시에서 '동백'이란 존재는 시의 안과 밖이, 없음과 있음이 불이不二로서 통하는 지극한 모심, 곧 '안의 신령神靈이 밖에 기화氣化하는'(侍天主의 뜻) 모심의 모심[侍]을 비유한다. 시인 육근상 시의 심오한 특성이 드러난 시요, '개벽적 시학'의 진면목이 은밀한 빛을 띠고 있는 시가 바로 「동백」인 것이다.

사투리가 지닌 본성인 청각적 기운과 작용은 내 안에 은폐된 신령을 깨워 밖과 통하게 하고 동시에 밖의 세상이 안과 통하는 신기의 시 형식을 시 「동백」은 내장內藏한다. 시의 자기 완결성이나 개별적 자율성을 추종해온 근대 시학과는 달리 시어가 지닌 신기가 시의 안팎으로 넘나들며 조화의 기운과 합하는 것이다. 예부터 귀신은 천지조화의 운기에 성실하다 하거늘, 육근상의 시편을 성심으로 접하는 독자는 시귀詩鬼가 내는 은미한 소리 또는 그 기운을 감지할 수 있다.

　육근상의 최근 시편들은 가난하고 고된 시인의 삶에서도 일관된 시의 수련과 공부를 엿보게 한다. 지극한 마음으로 모심母心의 모심[侍]에 따라 자연히 깃든 고향의 지령이 밖으로 기화하는 소리 언어의 진실을 터득한 것이다. 시인이 사숙해온 이 겨레의 위대한 시인 백석白石의 시를 따르되, 육근상 시인의 성실한 수심정기가 저 모심의 시혼, 지령의 시어를 낳고 마침 시인 자신도 알게 모르게 독보적 시 세계를 이루어낸 것이다.

'방언문학'의 숲길을 낸 금강錦江 유역의 시인

—『정본定本 육근상 시집』을 엮으며

 육근상 시인이 한국 시단에 등장한 지 35년째 되는 해를 맞아 그간 시인의 시집들을 모으고 새로 엮어『정본 육근상 시집』을 세상에 내놓는다.

 실향이 운명처럼 여겨지는 시대에 육근상 시인의 시는 실향의 슬픔 또는 탄식에 머물지 않고 시의 근원이 고향의 혼과 다르지 않음을 밝히는 데에 혼신의 힘을 쏟는다. '방언 시인'이 자신이 태어나 자란 충청도 금강 유역의 고향 땅과 주민들을 잊지 못하는 것은 실향의 아픔에서가 아니라 고향의 혼이 자기 시혼의 중심임을 자각하고 이를 고백하는 것이다. 고향 주민들이 두루 겪는 세속적 삶의 애환을 품고서 시인은 깊은 고뇌와 함께 외로운 시적 단련 속에서 마침내 자기 시혼과 금강 변에 자리한 고향의 혼이 서로 다르지 않은 시심의 경지에 다다른다.

'방언문학方言文學'이라 함은 시인이 자기 시의 근본을 자기 삶의 근원에서부터 구하고 이로부터 터득한 고유하고 성숙한 '개인방언'의 세계를 보여주는 문학을 말한다. 모름지기 바른 기운[正氣]을 지닌 성실한 시인은 자기를 낳고 기른 고향 땅이나 자신이 지금까지 살아온 땅(터)의 혼[地靈]을 찾고 이로써 자연히 '혼의 언어'를 모신다. 육근상의 시집들을 찬찬히 음미하면, 일제 식민지 시대에 우리 겨레의 잃어버린 터전인 '이 땅'에서의 주민들의 삶과 지령을 탁월한 '개인방언'을 통하여 빼어난 특유의 시편들로서 불러낸 시인 백석白石의 진정한 후예임을 알게 된다.

시라는 이름을 빌린 상투와 가짜가 아무렇지도 않게 횡행하는 시대에, 모든 생명의 원천인 '이 땅의 혼'과 자연어自然語인 '방언'에 은닉된 생령生靈을 접하려는 노력 없이는 육근상 시인의 시를 깊이 제대로 이해하기란 기대하기 어렵다. '방언문학'의 본성상, 이 땅의 혼[地靈]을 소중히 여기고 이 땅의 시인들 각자가 체득한 자기 '혼의 언어'— 저마다 갈고 닦은 '개인방언'의 시 정신을 이해하는 것이 오늘날 한국시가 안고 있는 난제를 푸는 열쇠라고 생각한다. 이러한 동시대의 시에 대한 도전적 인식 속에서 오래지 않아 이 삭막한 땅 위엔 곳곳에서 '푸르른 시의 숲길'이 생길 것이다.

지난해부터 틈틈이 육근상 시인과 함께 엮은이는 그동안 출간된 다섯 권의 시집—『절창』『만개滿開』『우술필담雨述 筆談』『여우』『동백』 등—을 다시 읽으며, '정본 육근상 시집'을 펴낼 필요성을 생각하였다. 이 시집을 엮고 보니, 시인이 30여 해 동안 세상에 내놓은 시편들 하나하나가 새롭고도 소중한 '방언문학'—이 땅의 각 지방 및 각 '유역'의 문학—을 표상하는 본보기로서 시적인 성취는 고고孤高하고 아름답다.

『정본 육근상 시집』이 오늘의, 앞날의 참 시인들을 '푸르른 숲길로 난 길'로 안내할 수 있길 바란다. (문학평론가 임우기)

정본 육근상 시집 가래울

1판 1쇄 인쇄	2025년 6월 17일
1판 1쇄 발행	2025년 6월 17일
지은이	육근상
엮은이	임우기
펴낸이	임양묵
펴낸곳	솔출판사
총괄이사	박윤호
편집	윤정빈 임윤영
마케팅	한의연
경영관리	백승은
주소	서울시 마포구 와우산로29가길 80(서교동)
전화	02-332-1526
팩스	02-332-1529
블로그	blog.naver.com/sol_book
이메일	solbook@solbook.co.kr
출판등록	1990년 9월 15일 제10-420호

ISBN   979-11-6020-212-0   (03810)

- 잘못된 책은 구입한 곳에서 바꿔드립니다.
- 책값은 뒤표지에 표시되어 있습니다.